野蜂飞舞

Dancing
Wild
Bees

子禾

著

上海文艺出版社

我们都是剩余物。

——威廉·特雷弗《教士》

目 录

野蜂飞舞 / 1

悬停之雨 / 43

夜风鼓荡衣裳 / 89

灰色怪兽 / 120

绿鱼 / 201

还乡 / 232

后记：小说的影子 / 278

野蜂飞舞

姑父的军绿色皮卡歪斜着，停在那棵落光了叶子的大核桃树下，轮胎和车身上沾满泥浆，车斗里扔着一把带泥的旧铁锹和几截碗口粗细的发黑的木头，角落里堆积着一层枯叶柴草。我挨着它把车停好，又默然独坐了好一会儿，才开门下车，也是那时，才意识到黑子没叫。院门旁，蓝色铁皮搭成的狗窝是空的，贴着院墙扎在一边的钢钎上还拴着一截锈迹斑斑的灰色铁链。那是一只皮毛像绸缎一样漂亮的黑狗，也很聪明，以前即便两三年来一次，它也一见我就高兴地摇尾巴，喉咙中发出欢快的呜呜声，眼里闪着亮光。

蓝色斑驳的铁制院门半开着，会客室兼主卧室的房门也半开着。姑父仰躺在炕上，微微打着鼾，叹气一般，停停顿顿。我在那套已经很旧的朱红色木茶几前站了好一会儿，他才猛然惊醒，慌忙翻身，爬起来怔怔地看着我，好像梦中人倏然来到了面前。

"是松明啊，你怎么来了？"姑父有点讶异。一般都是正月拜年，春节前几天走亲戚确实不常见，除非有什么急事——可我昨天给姑姑打过电话的。我说春节要值班，后天上午得回北京，所以提前过来看看他和姑姑。

姑父这才想起什么似的，略显慌张地招呼我在木沙发上坐下，同时一边起身下炕，一边解释说昨晚给几个邻居喊去打麻将，本来说玩几圈就收，却一玩玩到天快亮。"那帮贼怂，一晚上弄走我三四百元，还害我这一脑瓜子瞌睡虫。"说着打了两个哈欠，扭头瞟一眼门外，"你看，一觉睡到这光景，天都黑了。"

"还不到四点。是天阴了，天气预报说要下雪。"我说。

"下雪好，一个冬天不下雪，再不下要干死了。"他趿拉着一双旧棉鞋，拉开电视柜下面的抽屉，找出一铁盒茶叶，沏了一杯茶给我。我接过来放在茶几上。他又跪上炕，从炕角找来半盒皱巴巴的蓝兰州，摇一摇，拍出一支递给我。我推辞了，说一直没抽。他迟疑一下，没说什么，顺手将那支烟叼在自己嘴上，点燃，在木沙发的另一头坐下来，兀自抽起来。整个过程都像在思索着要说些什么，然而终究没话，尴尬的沉默在屋子里弥散开来，令人不安。姑父大概在琢磨我这时候来，到底为了什么事。

那天说起姑姑和姑父闹离婚，父亲郑重其事地说："我思来想去，你到你姑家，还是要找机会劝劝的……"母亲马上打断他："快悄悄，看把你能的！"父亲乜了一眼母亲，继续说："找机会吧。你说话，你姑姑、你姑父兴许能听进去。"我模棱两可说看吧，父亲点上一支烟，看了看我便出门去了，一副欲言又止的样子。

念中学时，每次见到我，姑姑都要塞给我十块八块的零花钱（那时候，这些钱够我两周零用），嘱咐我买点有营养的东西吃，说正是长身体的时候。我每每推辞，她总说，"拿着，姑姑有钱，你姑父这几年挣得不少。"可谁都知道，她整个人都绑在表哥身上，哪有什么钱，家里连买一包盐的事都是姑父在操办。姑姑的恩情我自然永难忘怀。但问题不在这儿，问题在于我不知道到了姑姑家会发生什么。我担心提及这些事，会让所有人陷入难堪与尴尬。

我希望这只是一次再普通不过的探望。他们都快六十岁的人了，离婚最多是一时的赌气话，这穷乡僻壤的地方，谁的婚姻不是一忍再忍这样忍下来的。坐在姑父旁边，我暗暗提醒自己说话小心些，尽可能不要去碰那些不愉快。只是心里绷着这根弦，便完全不知道说什么好了，连姑姑去哪儿了这样的问题，都要掂量好一会儿才说出口。

"去庙上了。还能去哪儿。"姑父语气淡漠，但还在客气的范围内。

我立刻后悔问了这个问题，甚至怀疑这次探望的时机对不对。昨天接通电话，姑姑先是略微愣一下，接着高兴地说："我明天就在家等你，哪儿也不去。"现在却不见人。

"今年，"姑父或许觉察到了什么，象征性地给我续了些茶水，又开口说，"自今年春上开始，你姑去庙上越来越勤快，就，就，我说，就像回娘家一样。"语气中的淡漠变成了叹息，带着一丝幽怨。我知道姑父情绪不佳，但还是为他这个比喻小吃一惊，看了他一眼：他是在我这个娘家人面前暗示什么吗？我看他时，他也正抬起头，像一扫睡眠被我这不速之客打断的困倦，终于清醒过来，微微眯着一双小眼，看着我，极不自然地咧嘴苦笑一下。他在为自己那个不恰当的说法致歉。

"是去黄庙？"

"就是。去得太勤了。家都不顾了。我开玩笑说你干脆去黄庙当尼姑算了，一说，还给我甩脸子，不高兴。"他再次苦笑着，看着我，吸几口烟，停顿一下，像是还有一肚子话要说，动了动嘴唇，却终又什么都没说出来。

我没接话。不知道该说什么。于是又满屋子的沉默了。

如坐针毡地过了大约一分钟，我终于端起杯子，抿了一口茶，抬头时，发现姑父正在看我，眼里的血丝比刚下炕时少了些，但依然明显，血丝后面是掩饰不住的疲倦与凝重。出于礼貌，他顺势问我茶够不够热，我说够热，说着又喝了一口，像要证明给他看，浑身的不自在。姑父也不自在，所以说要给姑姑打电话。我心里期待姑姑早些回家，可当姑父说出这句话，我却不知出于什么原因，奇怪地阻止了，说反正不着急，像要特意争取一段时间与他独处。

姑父不知所措般笑了笑，没再说什么。我想起没见到黑子，就问姑父，刚问完便意识到话头不对，可话已出口。

"早了，"姑父应答得不假思索，语气也坦率，"去年夏天的事。"我松了一口气——去年夏天表哥还在。"七月还是八月来着，我去家具店，后晌下大雨，晚上回来得晚些，第二天一早才发现黑子不见了。你姑说先一天下大雨，炸雷太响，吓跑了，铁缰绳都挣断了。"他抿了一口茶，继续说，"按说吧，狗通人性，一般情况下，就算跑了也还会回来的。我还一直留着那半截铁缰绳，狗棚也没拆，可那个狗日的畜生，自那以后，连个照面都没再打过。"

"可能真是炸雷给吓坏了。"

"现在不指望了，我估计早给谁打死吃狗肉了。还是我那一年从陇原捉回来的，刚捉回家那时候，也就一只拖鞋大小。我记得是冬天,雪厚得能到人膝盖。回来放在火炉子旁边烤着,专门买了几盒牛奶喂。想着家里冷清,养着多少个响动。到去年为止,在这个家里有十二三年了,一直好吃好喝。唉,最后这样的下场,我就想,也是那畜生的命,怪不得打雷下雨。"姑父看着我,"你说,这么多年下来,打雷下雨的事还少?那一次就吓得不行?"

"也是。"

"我还开车四处找过,也没找到。"

为了不再陷入沉默,加上他自己刚才提起,我又顺口问他镇上的家具店现在怎么样。姑父叹口气,十分潦草地说:"现在啥都不景气,网上卖家具的太多。开不成了。早开不成了。"他不愿说这个,沉默了几秒钟,看看门外,又说,"还真下雪了。"

我看向门口,真的飘雪了,能看到雪花在院子里纷纷落下。

聊天似乎不会再有什么进展,我们两人都意识到了这一点,所以姑父起身又在电视柜的抽屉里找出一袋五香花生,拆开来,招呼我吃,然后打开了电视。电影频道在播一个贺岁片,他问我看不看这个,我说都可以,挺好的。电视那么放着,他坐在沙发另一头看着,但显然有些心不在焉。我放下了点儿悬着的心,无论如何,总算没提起他们离婚的事,也没提起表哥。

电视里跳出广告时,姑父把那袋五香花生往我近前推了推,让我吃,又给我杯子里加了水。好像这样真的能减轻尴尬。以前遇到这情形,他会自己出门去转一转,但现在家里就他一个人,又不能撇下我不理。"都这时候了,你看,还不回来。"姑父又说要给姑姑打电话,语调中是掩藏不住的不满。这次我没再阻拦,但打过去两次都没人接。

"实际上,"姑父看看手机,再看我一眼,然后把手机扣在茶几上,叹口气说,"这些年,"又叹一口气,"你姑呢,到黄庙上去做帮工,烧香拜佛,也挺好。人嘛,总还是要敬神念佛,总要有个事干。"

"是啊。"我说。

"你姑,唉,"他想说起什么,可话要出口时再次代之以叹息,"也是个命苦人,"抬头看我一眼,立刻斩断了这个话头,并让语气稍微畅快了些,"松明,你喝茶。

就是现在去庙上时间太多了,不光是我说,邻里四方都开玩笑说,那谁谁快要去黄庙做尼姑了。"又一次停顿,"现在这个家,你姑像是不要了。"

"怎么会。"

"松明你说,"姑父忽然有点激动起来,语气却衰弱不已,近乎哽咽,"人日他妈这一辈子,累死累活图个什么?拼了命置办家业,到最后又都不要了?"

我给他杯子里添了些热水,提醒他喝口茶。姑父于是端起杯子喝了两口,又默然转头,看一眼窗外,"雪下大了,"又说,"不说了,不说了,看电视,看电视。"广告早结束了,贺岁片已经在继续。屋外天色昏暗,落雪密集起来,院子里已白茫茫一片。

"松明,你来了?"声音苍老,多少有点陌生,但依然听得出来,是姑姑。她正站在客室门口,单薄又瘦小,头上肩上都是白岑岑的雪,面容灰暗,模糊得几乎看不清。我从沙发上站起来,叫了声姑姑,看着她竟一时语塞,愣了几秒钟,才问她雪是不是下大了。

"不大,不大,你不着急走啊,今晚上就留下,不要回去了。"姑姑一边拍打身上的雪,一边摁响门边墙壁上的开关,开了灯。屋里亮了,门外瞬间被黑暗充满,只看得到从门口溢出去的光束中,雪片在簌簌飘落,那飘落中,是姑姑拖得长长的涣散的影子。

"晌午庙里来电话,说要帮忙,本来想快去快回,一忙起来,竟把你要来的事忘得死死的。"姑姑解释着,讪讪地笑着,继续拍打身上的雪。灯光照着她,头发灰白,但面容并不像刚才在灰暗中看到的那样模糊,而是依然白皙,五官有致,能看出年轻时的魅力,似乎她这些年的生活并没有那么糟,也根本无需我悲叹。姑姑接着说:"刚刚雪下大了,才想起把你要来的事给忘了,赶紧往回跑。"

"没事,我也刚到。"

"知道回来就好,"姑父插话,语气中带着一点故意调笑的戏谑,但眼睛始终盯着电视,"松明在这里等了都有一天了。"

"现在脑子完全不行了,事情总要忘。"

"去庙上怎么忘不掉?"姑父还是那种调笑的语气。

我怕他们吵起来,赶紧说没关系,反正也没什么事。"松明你坐着，"姑姑对我说，"我给你拿个好东西去，一会儿给咱做饭。"她始终都没搭理姑父。

"去庙上忙一天，没吃斋饭？"姑父的话里开始多了些挑衅的意味，但说这句话的同时，还冲我眨眨眼，目光中泛着某种古怪的兴奋，像要特意告诉我他们是在闹着玩儿。

"想到松明来，就跑回来了，要不然真吃了回来。庙上不缺我一口吃的。"姑姑终于回应了姑父一句，说得十分冷淡，说完出门去了，看都没看他一眼。姑姑出去后，姑父指指写字台下面的一箱康师傅方便面，笑眯眯看着我说："我备着方便面，你姑去庙里吃素，我就在家吃泡面。"神情比姑姑回家前轻松不少，可我还是隐约感觉到，一场风暴似乎正在形成，而已无法避开。

姑姑很快回到客室来了，一只白瓷蓝花的海碗中端着三颗透亮的柿子，火红的薄皮上散布着点点黑斑。她将碗伸在我面前，说："松明，你尝尝，听你爸说你今年要回来，我特意留下的。还是前一阵子庙上发的，说是南方的品种，我们这里没有。你尝尝味道怎么样。"我拿起一颗先递给姑父，他说有肾结石，不能吃柿子，

11

我便自己吃起来。姑姑站在那儿看着，等我刚吃完，便一边问味道怎么样，一边又递过来一颗。我说味道是不错，但不能再吃了，怕吃多了胃受不了。姑姑知道我自小胃不好，没再坚持。

去厨房做饭前，姑姑又端来两个小盘子，一个里面是瓜子和奶糖，一个里面是黄澄澄的麻花，说也是庙里给的，让我尝尝。我拿起一个麻花递给姑父，他看着姑姑笑一笑，接过去，说还是第一次吃到庙里来的东西。姑姑依然没搭话，用眼角余光不屑地乜了他一眼，再看看我，微微一笑，让我看电视，她去厨屋做饭。我和姑父各自吃着麻花，看着电视，没有一句话。

姑姑做好饭菜，端了过来。姑父拿出一瓶剑南春，说是藏了快十年的好酒，要和我喝掉。见姑父一脸高兴，我只好应着。其实我很久没喝白酒了，也没什么兴致。饭间，姑姑不断给我夹菜，姑父不断敬酒，我左右应对，只是始终不知道除此之外还可以说点什么。姑姑断断续续大概问了两遍我工作的事，问我媳妇怎么没回来，又问怎么年都不过就要去上班，我一一回答。三个人的谈话似乎只能说些这种本无必要的客套话，无法深入。

而等吃完饭,屋子里便只有电视的声音了,播放的是特别流行的电视剧《虎啸龙吟》。姑父目不转睛盯着电视机,偶尔含含糊糊评论几句,感叹司马懿真是一代枭雄,感慨曹皇帝太过多疑,语气热切,话语又含混不清。刚才那瓶剑南春,他喝了足有七八两。姑姑偶尔转头看我,遇到我的目光,便微微一笑。那笑容此时也显得稀薄,乃至有些空洞,但似乎并不像我先前想象的那样饱含悲哀与苦涩。

这样坐了四五分钟后,姑姑开始收拾茶几上的残羹剩炙。我要起身帮忙,被拒绝了。她一面嘱咐我安心看电视,一面麻利地收拾碗碟剩菜。跑了两趟,都收回厨房,又来客室,抹完茶几,抹布还提在手里,问我:"松明,你车锁好了没有,要不要开进院里来?安全些。"我笑笑说:"不用开进来。没事的。"姑姑太谨小慎微了。

姑姑犹豫了一下,转向姑父,若无其事一样说:"那去把门锁了吧,不早了。"这是她回家以来第一次正眼看姑父,也是第一次主动对他说话。可姑父依然沉浸在电视剧中，像没听到，没有任何反应。姑姑默然看了看他，又把刚才的话说了一遍："去把门锁了吧，不早了。"谁都没想到，姑父嚯一下转过身来，歪着头，斜瞪着姑姑，恼怒地说："锁门，锁门，整天就知道锁门，到底要锁什么?!"

姑姑先是一愣，大约过了两三秒钟，便针锋相对，爆发了："大半夜不锁门，等什么?! 等等等，你等回来了吗?"她大概没想到姑父会这样当着我的面向她发火，一时委屈又恼怒，已顾不得我还站在旁边。她以前从不这样。

"那你，你成天锁锁锁，你锁住了吗?!"这话一出口，姑父似乎也意识到了不妥当，语气中的怒火随即骤然降下来，怒吼变成小声的嘟囔，"整天催催催，催命鬼，"话语戛然中止，起身出了门，一脸怒气与沮丧。

"锁锁锁，要不是你开着门，能跑了吗?! 啊?!"对着姑父已经闪出门的背影，姑姑的吼声更大了，浑身都战栗起来，两颗泪珠同时从脸颊滚落。我轻轻叫了声姑姑，又递去两张纸巾，姑姑迟疑一下，接过去，擦掉眼泪，也收了声。擦掉眼泪，站在那儿，待情绪平复了些，才抬头看我一眼，缩缩嘴角，努力想冲我笑一笑，但终究没笑出来，面色变得灰暗。我想象过的那种往事留给她的悲哀与苦涩，瞬间都浮上来了。

"一直就这样，一直就这样，你想待在这个家里都不行。"姑姑嘟囔着，"幸亏离黄庙近。"我没说什么，她也不再说下去。又默然站了一会儿，说要去铺床，便提着抹布走了，到门口又转回身，不好意思似的说："和我睡在一个炕上，行不行？"我愣怔一下，明白了姑姑的意思，说行，她这才出门，留下我一人在客室里看电视。

小时候和表哥一起玩，经常留宿姑姑家，而自表哥病变后，就很少了。高中时大概还有过两次，都是睡在一个炕上。熄灯后，姑姑便开始说些往事，语调绵长而平静，我在黑暗中静静地听着，偶尔回应一两句。听着听着，姑姑问我是不是累了，这样一问，本来已经很迷糊的我，又清醒起来。姑姑说过的那些话，讲过的那些事，如今想来，除了一件，别的几乎都如同夜晚弥散在我们周围的黑暗，已无从分辨。

姑姑语调和缓，仿佛只要用那样的语调，她所说的事就会更轻一些，就会不那么令人难以接受。一天晚上她半夜惊醒，发现人不见了，心慌起来，赶紧下炕去找。找遍了各个房间，连阁楼上也找了，都没有，也没有跑出院子。院门还好好地从里面锁着。正心急火燎不知怎么办，听到猪的呼噜声，就去院角的猪圈里看，没想到还真的在那儿，光溜溜的，半爬在老母猪的肚子上。睡着了。喊也喊不醒，摇晃了半天才叫醒来，一拉胳膊，又乖乖跟你回屋了。像三更半夜跑到猪圈里，就是为了等你拉他回去。到屋里开灯一看，脸上、身上、脚上，都是猪屎猪尿，让人又气又笑。姑姑说，也幸亏那时候天气暖和，要是数九腊月，不得冻死。

回想起来，那时我们说话，全把表哥忽略了，或者说忘了，好像他并不在场，或者好像他已经是个不存在的人。可实际上他和我们躺在同一个炕上，他睡在一头，我睡在另一头，姑姑睡在中间，把我和他隔开。那些时候，他始终不发出一点声息，连细微的呼吸声都听不到。他是睡是醒，是不是在听我和姑姑说话，以及是不是听得懂，这些问题在我年轻的头脑里连闪都没闪过一下。如今出现了。

十余年过去，姑姑所说的，那个久远的在月光如霜的夏夜满院寻找表哥的情形，我还清楚地记得。那是因为，我也曾像她那样，在一个夏日午夜慌张地找遍院子里的每一个角落——只不过那时猪圈早已拆除，表哥也已经快二十岁了。那是高一的暑假，姑父突发阑尾炎，疼得坐卧不宁，要去市里做手术，姑姑得陪着去，便打来电话，请父亲去她家帮忙照看几天。我自告奋勇，揽下了照看表哥的任务。我心想，反正就是看着，他自己待着，我看书，不会有什么影响。没想到没有一天是安宁的。

那天夜里惊醒时，我发现自己一个人躺在炕上，表哥不见了，房门开着，门口陷进来一片霜白的月光。我慌忙跳下炕，出门去找。可院子里连个人影都没有，只有空荡荡一院子的月光，白得让人毛骨悚然。我找遍其他屋子，没有人影，又找遍院子里各个角落，也没有。姑姑离开时，叮嘱说："你从里面锁上大门，别让跑出去就行。"他们怕他跑出门会掉进路边的沟里，或跑到街上走丢。当想到表哥可能半夜三更打开大门跑掉时，我即刻感到一种失重般的心悸，赶紧走向大门去查看，可门好好地关着，铁锁也挂在那儿，锁着。

就是那时，感到有双眼睛正诡异地俯视着我。我脊椎发冷，屏住呼吸，尽量不让自己慌乱，小心翼翼，缓缓侧过头去看，仿佛即将看到一只恶鬼。但当然不是，是他，是表哥，他悄无声息坐在通往阁楼的室外台阶上，低低地歪着头，看着我，脸上泛着一种古怪又模糊的笑意。可我明明察看过台阶，甚至连台阶下的杂物间都看过，他刚才躲在哪儿，是去了阁楼上吗？阁楼的门窗早锁起来了，姑姑怕他不小心从阁楼上摔下去。

小时候每次来姑姑家，我和表哥都住在这阁楼上，每一次心中都充满了某种骄傲，好像那是一座只属于我和他的城堡。在童年的很长一段时间里，我都感到这种骄傲值得终生铭记。随着年岁增长，这些骄傲自然不值一提了，可记忆也不会因此消隐。阁楼圆形的蓝框玻璃窗，似乎总蕴含着一种奇妙的魔力，可以巧妙地拉近一切美好事物与我们的距离，使它们近在咫尺：枝叶繁茂且总散发着一种生涩芬芳的核桃树，辉煌如天上宫阙的黄庙楼宇，傍晚时分总要落在核桃树上咕咕叫的灰紫色的鸽子，清澈如水又隐约如山的月亮，以及春天沟崖边上大片大片粉花如云的杏树林。多少个夜晚，我们跪在阁楼的炕上，打开窗子，把手伸到圆圆的窗外，屏住呼吸，等着一些东西落在手上——晴朗之夜是绿光闪闪的萤火虫，阴雨之夜是温凉的雨滴。

可那天晚上，在那个青涩、功利、缺乏耐心又早已失去烂漫天真的年纪，我那么轻易被惹怒了，被表哥那可怜又模糊的笑意。我命令他从台阶上下来，而他只是看着我笑，一动不动。僵持了好一会儿，我有些恼羞成怒，终于喊了起来："你个傻子，三更半夜，坐在这里要干什么？"他依然只是看着我笑，像在嘲笑我的气急败坏。我于是冲上台阶去拽他。我还记得，他两手僵硬，几乎冰冷，像某种雕塑。根本拽不动，我更使劲了些，一边拽着，一边大喊："你个傻子，到底睡不睡？！"同时，另一只手伸出去抓他肩膀。他胳膊一抖，本能地缩手抱头。我意识到发生了什么时，已滚落到院子里，脊椎上像有刀尖在刮，背部生疼，胳膊和手麻木，脑袋也麻木，回响着一阵一阵的嗡鸣声。

姑姑回家后，抚摸着我脖颈上、胳膊上、手上的伤疤，颤抖着嘴唇，不知道说什么。十几秒钟后，她捡起一把笤帚，冲向还站在门槛上似笑非笑的表哥，劈头盖脸打起来。表哥跑到院子里，一开始笑，接着嚎起来。他在前面转着圈跑，姑姑在后面追。他依次跑进所有房间，都被姑姑追出来，又跑上阁楼，在阁楼门前狭窄的平台上，逃无可逃，只好蹲在半人高的红砖砌成的花墙角落，缩成一团。姑姑堵在那儿，抡起笤帚，边哭边打骂："我让你再作孽，我让你再作孽，我让你推人！"他抱着头，颤抖着哀泣。

我跑上阁楼，紧紧拉住姑姑，说他不是故意的，他也不知道。姑姑才罢了手，蹲在那儿自己哭起来。表哥依然蹲在墙角，停止哭泣，偷偷用眼角瞥我，又瞥蹲在一旁的姑姑，眼神里透出一丝古怪的笑意。那笑，和那天晚上在阁楼台阶上时一样，呆滞，纯洁，又谜一般令人难解，令人难忘。后来不止一个夜晚，当我独自回想起那笑容时，感到如坐针毡。我明白，那笑，既不是得意，不是谢意，也不是歉意，而是无意义——那是他，从突然降临的疾病获得的唯一馈赠。

实际上，自表哥发病起，仅仅七八年时间，亲戚们似乎就把他忘了,平常根本无人提起。逢年过节,就算我们去了姑姑家,既看不到他,也无人提起。表哥一个人躲在自己那间肮脏的屋子里,偶尔将头探出门口,偷偷看一眼,若是正好看见谁,便散了的念头一样缩回去,只留下一瞥记忆的暗影。直到今年春天,他以死亡的方式又出现在人们的谈论中,他的名字也重新被说起,复活一般:天亮。这个意味深长的名字,作为过往的一部分,人们不再刻意回避,因为它已成一个不会再变的事实,也因为不回避比回避更容易。

母亲在电话里告知表哥去世的消息时,我吃了一惊,不是因为他的死,而是因为这消息提醒我还有这样一个人。"那天下雨,天亮要跑,你姑姑抓不住,给撂倒在院子里,等她爬起来,人已经跑脱了,一眨眼的工夫,就不见了。"母亲说,"都二十多年了。这样早些伤了也好,他自己不用遭罪,你姑姑也不用跟着遭罪了。都快六十岁的人了,哪里还拉扯得动。"人是第二天早上在黄庙背后的山崖下找到的,在一片杏树林下面。母亲说:"刚开春,杏树都开了花。人都说是嘴馋,去沟崖边摘青杏,不是的,我估计是去摘杏花。那会儿还没有青杏。"

过了好一会儿,姑父才神情黯然地回到客室来,出门时满脸的怒气与沮丧,都被掩藏起来了。他拍拍身上的雪,往火炉中加了几块炭,又给我新泡了一杯茶。"司马懿这老家伙,"电视里还在播放《虎啸龙吟》,姑父一边泡茶,一边扭头看着电视,故作轻松地说,"真是能忍啊。我们普通老百姓,你说,咋和他们那些个大人物比……"

这时姑姑进来,说已经铺好了炕,问我累不累,累了就过去休息。姑父的话被打断,便气呼呼在沙发的老位置上坐下,一声不响了。我再次为他们的明争暗斗感到难堪,出于对姑父的礼貌,只好说时间还早,再说说话。可有姑姑在一旁,姑父没再说一句话,而姑姑也不知说什么。后来姑姑去了隔壁房间,而我和姑父也没能再聊起来。电视剧结束后,姑父又随便调调台,草草地看了一圈,没什么可看的,又一次给我添热水,掩饰尴尬。八点一到,我说累了,让他也早点休息。姑父站起来,神情疲惫地说:"也好。早些休息。"

院子里落了厚厚的一层雪，两个房门口逸出来的光束中，能看见无数的雪花正带着暗光落下。没有风，飘落的每片雪花看上去都那么悠然，不出一点儿声响。我站在屋檐下的台阶上，往院墙外看了看，成群的雪片旋在空中，将半空的黑夜搅成灰色。我进隔壁房间时，姑姑正在一口箱子里找什么东西，见我进来，转头朝我一笑，一边盖上箱子，一边招呼我上炕。炕两头分别铺着两床被子，一新一旧。炕壁正中还是那幅贴了不知多少年的福禄寿喜图。姑姑说你盖这个新被子，又说枕头也是新的。我上炕后，姑姑从一个红漆小木箱里端出一碗核桃，砸了几个，剥开递给我，又拿出两个苹果，说要去厨房洗了给我吃。我拒绝了，说晚上不敢多吃凉东西。

姑姑关了门，也上炕来。大概因为饭后的不快，尽管现在只有我和姑姑两人，依然有点尴尬，依然不知道说些什么。"松明，你想不想喝点红酒？我有瓶红酒。"姑姑想打破尴尬。但我不想喝，也不能再喝，还是拒绝了。"那你吃核桃，这是今年的新核桃，院门口那树上的。"我吃了几个核桃，姑姑还要帮我砸，我说实在吃不下了,她才讪讪一笑,看看我,然后将锤子和装核桃的碗,慢腾腾搁在炕边的桌子上。

"那狗是我放掉的,"姑姑突然若无其事地说,同时,眼睛看着我,嘴角露出一丝稀薄又苦涩的笑意。"我是实在忍无可忍了,那一阵子,整天不是躲在那个破家具店里,就是在外面打麻将,好不容易回趟家,眼里只有那个死狗,家里大事小事什么都不管。"一开始,我并没反应过来她是在说黑子。

"那天后晌下雷阵雨,死狗像疯了一样,在那儿叫叫叫,叫得人心烦。我出去看,我说你别叫了,别叫了,叫得人心烦气躁。死狗不听,我就想着放开缰绳,让它跑掉算了。铁缰绳怎么解都解不开,我找了个老镢头,砸断了铁链子。"

"养了这么多年了。"我想起姑父提起黑子时的那种落寞神色。

"就是泼烦,就那一时,泼烦得不行。"姑姑略微停了一下,"砸断铁缰绳,还是一个劲儿疯叫,我捡了块砖头砸过去,可能砸在眼睛上了。死狗拼命叫几声,一掉头,夹着尾巴跑了。也不知道去了哪儿。"

"我姑父知道不？"

"我估计是知道。"姑姑淡淡一笑，"管他呢，他成天在外面整我，我还不能放一只死狗？"又说，"在外面胡吃海喝，还经常要命令我记得喂狗。我像个老妈子一样，伺候这家老小不算，还要伺候一只死狗。"

我又一次不安起来，不知道能说些什么，话题显然已经在往我不愿提及的那个方向行进了。每件事，哪怕最细微的小事，只要是在这个院子里，似乎都与那件事脱不了干系。它们早被什么东西揉碎，化成气息，混杂在空气中。只是在此之前我没想到。

"也不知那狗去了哪里。"姑姑说，而且果然，神情凝重起来，"也是我作孽。养了十几年，说没就没了。"

"黑子聪明着呢，不管在哪里，肯定没事。"

"你说，我怎么就一时做出那样的事？"

"又不是啥大事。"我尽量让自己语气持重又平淡些，"谁都有泼烦的时候。"

"这些年，我，唉……"姑姑的眼睛变得通红，话没继续说下去。

"姑姑，现在这样也挺好，"这么说毫无意义，但我似乎又只能这么说,"……日子就这样过……慢慢过着。也没啥。"

"是啊,"姑姑明白我在说什么,"还能怎样。现在这样是挺好。刚开始不习惯,总觉得不真实,院子一下子空了,哪里都空落落的。现在经常去庙上帮忙,有事做,没空去想这些,好多了。拜拜菩萨,念念佛。"停顿了一会儿,姑姑又说,"有时候我就是想,你说,松明你说,我怎么就,"在停顿的间隙,几颗泪珠终于滑出了她的眼眶,"你说我怎么就,我要是不放走黑子,可能就……"我知道姑姑始终在克制自己,不想说这些,可这些话还是说了出来。说了出来,又无法完全说出来。

"过去的事不说了。再说,也不是坏事。"

"但你还不能提,你一提,他就问你怎么没锁住,"姑姑忽然将话头扯到姑父身上。我多次想象过夹在姑姑、姑父各不相让的争吵中的尴尬境况。我害怕且尽力回避的正是这个。好在姑父不在这里。

"姑姑,"我说,"现在不去怪谁了。还是那句话,现在的情况,大家都难过,但也不是坏事。过去的让它过去。无论如何，纠缠那些没什么意义。"

"松明你说得对，"姑姑长叹一口气，"这么些年过来，要是再那样下去，我不知道还能不能撑得住。我也五十多了，老了。"停顿一会儿，又说，"兴许庙里法青师父说得对。黑子是一只不多见的好狗，它那样是在报我的恩，毕竟我喂养了它那么多年。"

我没明白姑姑的意思，看着她，等她继续说下去。

姑姑看我一眼，接着说："庙里有个法青师父，是管事的，我去得多，熟了，知道了天亮的事。一天在准备法事要用的油灯，一恍惚，看到天亮在一片灯光里看着我笑，我知道是假的，一时间难过得哭起来。法青师父看见了，就开导我说，你看到的是大好事，有啥好哭。又说黑子逃走是为了带走天亮，为了解放我，这样走了，我们前辈子的恩恩怨怨，就都化掉了。庙里其他人也说，他们都走了，说明我的债还清了。很多东西来世上这一遭，不是来讨债，就是来报恩，任务完成了，也就走了。"顿了一会儿又说，"那天后晌在卜雨，我被撂倒在院里，心像给摔碎了，一下子心灰意冷，什么指望都没了，心里其实……等我再缓过神来，有了些念想，追出去看，就不见人影了。我那时候也确实不着急，心里啥想法都没有。现在想起来，我，我要是……"

沉默了一会儿，我说："姑姑，这些年你受苦了。"说得太过笨拙、苦涩，像忽而到了一片苦艾地里，无处落脚，"现在就是你们自己的日子了，慢慢过吧，和我姑父。"我明显感到自己有点心虚，这话听上去更像是为了完成父亲的嘱托。没想到我话音未落，很快便又有几颗泪珠从姑姑眼眶中滑出，但被她擦掉了。擦完眼泪，她叹口气，说："天不早了，早点睡吧。说这些干什么。不说了。"

关了灯，我们默然在黑暗中躺下。

那时候，姑父的家具店还没开起来，他经常被邻里八乡请去打家具，有时远去其他县区，甚至去过临近的陕西一带，一去便是几个星期。姑父是附近几个乡镇唯一会打制风箱的木匠，他做的风箱，风又大，推拉起来又轻便。姑姑在街上租了一间门面房，开了个小理发店。表哥在乡上的中心小学读三年级，成绩优异，在乡剧院举行的六一儿童节表彰大会上,每年都会听到姜天亮的名字。

几乎每个寒暑假,我都会去姑姑家,和表哥玩。表哥写作业时,我在旁边乱翻书,姑姑春风满面地说:"好好学习,将来你们表兄弟俩都考大学。"我一脸茫然,全不知什么是大学。表哥则认真地做着作业,丝毫没有我那样的困惑。我相信他知道什么是大学,并且理解他母亲的意思。

那年寒假的一天下午,表哥写完作业,心血来潮,说要带我去姑姑的理发馆玩。姑姑家到街上不足三里路,我们很快看到了姑姑的理发店,有人披着一块天蓝色的围布坐在那儿,姑姑在专心理发。表哥提议干脆先去街上玩一圈再回来,那时候姑姑理完了发,我们正好一起回家。我们先去了冷冷清清的剧院,又去中学门口,还在那儿的地摊上买了零食。表哥想买橘子,问我想不想吃橘子。我想吃,但还没回答,旁边一个摊主问我们想不想尝尝"唐僧肉"。那是一个头发灰白的中年男人,黝黑的皮肤紧紧地绷在脸上,使他的眼睛看上去格外白,瘦鬼一般,手里拿着几袋小零食冲我们晃。

买了两袋，六毛钱。夕阳已经很微弱，但旁边的老松树下还落着一块光亮。表哥带我到松树下，递给我一袋，说这儿还有太阳，暖和，吃吧。我们撕开袋子，十分珍惜地一颗一颗吃起来。一袋有六七颗，软枣那么大，黑黑的，黏黏的，核很小，也是黑的。味道甜腻，并没有它的名字所示的那样新奇，但我们吃得意犹未尽。

天快黑时，我们去了理发店，可店门已经关上。表哥说姑姑可能提前回去了，说着又凑近窗子去看。我也凑过去，什么都没来得及看清，表哥抓起我的手猛跑，一口气跑回了家，路上一句话没说。姑姑并没在家。表哥严厉警告我，要我别把傍晚去过理发店的事说出去。我问为什么，他说："不为什么，你记住别说就是了。"表哥出事后，我一度猜测他那天下午看到了什么，以及那景象在他心里激起怎样的感受，至今没有答案。

那天下午的事我很快忘了，表哥似乎也忘了，只不过有段时间，我们不再去姑姑的理发店，也不再去街上。我们玩的地方变成了沟崖边、田野及黄庙周围，尽管由于是冬天，到处都荒秃秃的，什么也没有。在一棵黑楞楞的张牙舞爪的大杏树下，表哥问我还记不记得这儿的杏花，我觉得那问题有些怪，不知怎么回答，最后说不记得了。他宽慰说没关系，等春天来了，杏树又会开花，又说到时候会给我摘。

然而第二年春天的杏花，我依然没看到。杏花开放的日子，我已经在上一年级了，没理由去姑姑家，而等暑假再去时，杏子都挂了色。但杏树林、杏花，我并不陌生，即便是黄土高原上最干旱最荒凉的山野中，每年春天，它们都会成片开放，浮动在山峁上，和黄庙后面沟崖边上的一样，如一团团茂盛又素淡的云。

忘了那天晚上我们为什么要睡在理发馆，我和表哥睡在小折叠床上，姑姑睡在沙发上。第二天一早，姑姑说去市场买菜，要给我们炖鸡肉。姑姑走后，表哥让我趴在床上，然后一翻身，爬到我背上。我们光溜溜的，大声地嬉闹着。就在那时，姑父从天而降一般，出现在理发店中，站在床跟前，铁青着脸，瞪着我们。夏日的阳光带着浮尘，在他头上闪耀。我和表哥愣在床上，抬头看着愤怒的姑父，不知所措。

"在干什么?!"声音中早已满是愤怒，"不要脸的东西!"

表哥赶紧从我背上滑下来,缩在被窝里。姑父顺手拿起床边小桌上的俄罗斯方块游戏机,恼怒地质问:"这是什么?"

"游……游戏机。"表哥吓坏了,声音像蚊子。

"哪儿来的?"姑父吼起来,但不等回答又拿起旁边那个威武的蓝白相间的警用摩托车模型,"这是什么?!"紧接着又问,"哪儿来的?!"表哥不说话,姑父又一次咆哮起来:"谁买的?!说!"理发店的空气被这怒吼声逼得颤抖起来,鼓动着耳膜,嗡嗡颤响,仿佛成群的野蜂在头顶盘旋。玩具摩托即刻被摔得粉碎。紧接着,姑父怒不可遏地冲过来,一把将表哥从床上提起。刹那间,表哥摔在地上了。

店里唯一的理发台被撞翻,台子上的东西撒了一地,钉在墙上的镜子也碎了。姑父脸色苍白,两眼通红,充血一般,愣在那儿,呆呆地颤抖着。表哥躺在镜子的碎片中,不吭一声,旁边散落着剪刀、推子、吹风机、梳子等。几秒钟后,姑父慌了,开始叫表哥的名字,但没有回应,他又跪在地上摇他,依然没回应,他抱起他，慌乱地喃喃自语："天亮，天亮，你不要吓我，你不要吓爸啊。"说着冲出了理发店。

姑姑没有回来，直接去了医院。中午时，母亲来接我回家，父亲留在医院帮忙。表哥救下了，费了很大周折，但再也不是以前那个他了，呆滞、傻笑、流口水、不分场合乱脱衣服、半夜哭泣、总想往不知哪里逃。那一年他十一岁，我七岁。后来听大人说，表哥在医院醒过来后，姑姑回到街上，砸了自己的理发店，毁了所有东西。那之后的大概一两年或两三年里，姑父和姑姑似乎还保有信心，相信表哥可以治好，带着他四处求医。照顾表哥之余，姑姑还在院子里养了几头猪，希望能多些收入。此后几年，大人间似乎也谈论过姑姑和姑父想再生一个孩子的事。但都没结果。

后来不止一次听母亲说起，表哥总是动不动脱裤子，每一次，姑姑都会抽打，但他始终没有改变。"你姑也真是，"有一次母亲在电话里说，"那就是个傻子，成天跟一个傻子较啥劲？"当母亲告诉我表哥过世的消息时，我不禁想，那天下午，是不是表哥又脱掉了裤子，而姑姑又顺手捡起笤帚去追打，可忽略了大门半开着。表哥慌乱中冲向大门，姑姑追过去阻拦，被他撂倒在院子里。当姑姑忍受着疼痛爬起来时，人已经不见了。姑姑追到院外，可除了灰暗的细雨和阴云，四下里什么都看不到。姑姑再也无法控制他了，毕竟她已经五十七岁，而他已经快三十五岁了。

我没睡着，我知道姑姑也没睡着，但我们都屏息凝神，让对方以为自己已经入睡。我们像以往许多时候那样，需要借助睡眠来渡过那些悲恸的激流。但姑姑终于还是没能控制住，我听到了她极力压抑在喉咙间的悲泣，虽然只一两下便收住。屋子里没有一丝亮光，我知道外面也一片黑暗，大雪还在下，几乎能听到雪在屋顶上一层一层落下，仿佛要将地上的一切掩埋。

雪永远是假象，当积雪消融，一切又回归之前的样貌。但我们还是期待下雪，即便知道这不会带来任何改变，也还是期待着，因为那期待本身并不虚妄。

早上起床，才知后半夜雪停了，积雪约有两三寸厚。姑姑已经起床扫了院里的雪。天气晴朗，太阳跃在半空，但起风了，院门口的核桃树上时不时有积雪被吹落。核桃树仍有不少枝丫挨着紧锁多年的高耸在墙头的老阁楼,那孤零零的斑驳暗淡的老阁楼,挨着它圆圆的蓝色斑驳的木框小窗。当年这方圆几里的地方,只有姑姑家建了阁楼,从街上一拐入沟边村路,远远就能看到。现在早不流行了,许多人家盖起了两层三层的小洋楼。

  姑父的房门还关着。姑姑见我出来,问我睡好没有,又说太冷了,让我回炕上暖着去。我在院子周围转一圈便进屋了,雪光闪耀,照得眼睛都睁不开,也确实太冷了。一会儿姑姑也进屋来,说要出去一趟,让我自己坐会儿,她很快回来做饭。我问她去哪里,我可以开车送她。"有雪,路不好走。"我以为她要去街上买菜。姑姑再三推辞,我还是坚持,她才终于说:"今儿天亮过岁,我去坟上一趟。"又说,"本来想后响再去,眼看太阳一出来,雪消了,烂泥地就不好走了。"

  我说陪她走着去,姑姑看看我,犹疑着缩缩嘴角,答应了。她早已备好了上坟的东西:一厚叠冥币、一捆香、一瓶红酒、一把麻花、一个油饼、两个柿子、两个苹果、几个核桃仁,还有几只蛋黄派,一只塑料打火机。姑姑把这些装进一个蓝绿色的编织篮里，然后看我一眼，又笑一笑。我们出了门。

雪不算太厚，但路并不好走，没走几步，我的皮鞋里进了雪。姑姑倒是穿着雨靴，她停下来抱歉地看着我，坚持要带我回家换双姑父的雨靴，我拒绝了。她又说那她走在前面开路，我在后面踩着她的脚印走。她挎着编织篮走在前面，每走一步都要动动脚，好让足印更大些。我踩着这些足印，跟在后面。路过黄庙时，遇到几个在门前扫雪的师父和前来帮忙的居士，姑姑合十双手，颔首向他们打招呼。他们看看我，将扫帚抱在怀里，微微颔首，合十回礼，显得相当不自然。

表哥的坟在黄庙后面不远处的沟崖边，一片麦地的尽头，孤零零被雪覆盖着。沟崖边有几棵高大的老杏树，沟崖下的荒坡上也是一片片的杏树林，树冠上落着厚厚一层雪，猛然看去，像极了我记忆中的杏花，如巨大的素淡云团，茂盛异常。我一下子被这景象惊住了，着魔般怔在那里，看了许久，心中激荡着某种我也说不清的东西。

"这儿离黄庙近，"姑姑在我背后说，"埋在这儿，我在庙里念经，天亮也听得清楚些。"声音里透着一种深谋远虑似的镇定，似乎也透着些别的什么意味。然后，又说："三十六，也是个好年纪，往后就一直三十六。"

我没转身，感到一种难言的惊讶，说不清是惊讶于姑姑的话，还是惊讶于她说话的语调。姑姑替表哥做出这后事的安排，也是为她自己做的安排——但不止这些，姑姑的话里似乎还有些别的东西。我的心被它搅扰着。我想说点什么，可被那些纷乱不明又空洞虚渺的东西堵在喉咙里，一个字也说出不来。

静默了一会儿，姑姑又开口了，这次是对表哥说的。她说："是我造孽，对不住你，我现在好好在黄庙里给你念经，你多听听，来生投个好人家。"沉静的悲哀中包含了似乎应有的宽慰——以及某种近似于忏悔的东西，使得这话像是姑姑在对她自己说。这也理应是姑姑对她自己说的话——就仿佛理应是那个躺在地下的儿子，在对他含辛茹苦的母亲说。但这些话也显得生硬而潦草，似乎总缺了些深情，缺了些诚挚。然而我后来想，这么多年的相互磨难，不管母亲之于儿子，还是儿子之于母亲，又何来深情？

37

姑姑边说边将带来的麻花、油饼撕下一点碎屑,像抛撒种子那样,抡起胳膊,远远地抛撒在坟茔周围的雪地上。这样,周围的孤魂野鬼便不会觊觎她给儿子的东西了。我知道姑姑的话还没说完,我没开腔,在一旁静听着,然而,她没再继续说下去。

抛撒完食物后,姑姑跪在雪上,把苹果、柿子等放在坟头两棵黑火焰般的小柏树中间,又洒红酒,在雪上洒成一个不闭合的深红色圆圈,歪歪扭扭。再烧纸钱,但打火机怎么都打不着,风太大了。我走过去,拉开羽绒服的双襟,背对坟头,形成一个避风湾。火终于点着了,我蹲在那儿,往纸火堆里递冥钱。姑姑则跪着,默默烧纸。一叠叠的纸钱烧起来,火势很旺,许多还没烧透,就急不可耐般带着蓝色火焰飞到空中。我和姑姑相视一眼,我们明白,这意味着已在另一个世界的表哥正在拿走这些冥币,他急需它们——在另一个世界,他终于和他的同类一样,可正常享受人间饱含歉疚的追赠。

烧完纸起身时,我发现,坟头的一棵小柏树的枝杈间,竟结着孩童拳头大小的一个野蜂巢。倏然之间,那些嗡嗡蜂鸣又出现了,和多年前我在姑姑的理发馆里听到的一样，也和昨晚在那些往事的黑暗中听到的一样，蜂群盘旋在头顶，低低地盘旋着，带着无尽的不安。在寒冷的雪野中，我知道那不是真的，但却比真的更挥之不去。

大概表哥病变后的第五年，亲戚们去姑姑家，给她过四十岁生日。女人们聚在厨房里做饭、说闲话，男人们在客厅里看电视、打麻将，孩子们跑出跑进。中午时分下起了雨。吃完饭没多久，表哥不见了。大家慌起来，分头去外面找，姑父甚至发动了整个村里的男人。姑姑没出门，一直坐在厨房里等着，几个女人陪着。那一年我十二岁多，主动要求帮忙。母亲找了一条蛇皮袋子，翻卷成斗篷状，我披挂在头上，出了门。雨落在蛇皮袋子上，像落在鼓上，吧嗒吧嗒响。我在沟崖边上仔细搜寻，但除了湿漉漉的荒草和野树，什么都看不清，路两边废弃的柴窑、狗窝，废弃的院落，滴着水的麦草垛后面，也什么都没有。最后像许多人一样，无功而返。

下午五点多，村里一个穿蓝布衫的瘦男人跑回院子，激动地说找到了，就在沟里一个破窑洞门口，"你们不知道，窑门口挂着一个野蜂窝，有狗头那样大，天亮就躺在那儿，一群野蜂在他头上乱飞，可一下都没蜇他，你说怪不怪？"很快，姑父和几个人带着表哥回来了，姑父一边牵着他走进屋子，一边说笑着什么。而表哥，依然那样，一脸呆滞的笑意，从头到脚却看不出一点伤，只是头脸、衣服上沾满了泥巴。姑姑看到他，什么话都没说，突然放声大哭。大家赶紧劝慰："没事了，没事了，这不是好好的吗，不缺胳膊也没少腿。"

看着面前那柏树枝杈间的蜂巢，我心里不断在想，明年夏天来临，那些野蜂还会陆续回到这巢上，还会继续在表哥头顶盘旋吗——以及，还是曾经那群令人惊讶的野蜂吗，带着祈佑，带着夏日雨水的气息？它们也会像在生者头上那样飞舞盘旋吗，像嗡鸣着的怪异的金色漩涡，不分昼夜？

回家的路上，经过黄庙门口时，姑姑停下，转向那明黄的大殿外墙，面带惆怅地凝视了好一会儿，转头冲我微微苦笑，欲言又止。前行几步后，又停下来，转头看着我，终于还是说话了，她努力表现得只是随口说起，表现得不在乎，但尽管如此，还是每个字都能让人感觉到隐含在话语中的那些尖刺和坚石,那些东西使她无法不说。姑姑说:"那阵子天亮还在。一天晚上,竟然给抓进了派出所,在街道东头的洗浴中心,"顿了一下,"派出所打电话让我去赎人,我……我是造孽,对不起天亮,可松明你说,你说我这张脸往哪儿放?我还怎么过?"又顿了一会儿,"这些垂世背短的事,你说,能给谁说。"

姑姑停下来,看着我,她需要一些安慰,需要一些回应,至少需要一些理解。可我没能给出,我愣在那儿,过了好几秒钟,除叹一口气,犹豫几番也不知道说些什么。姑姑又看看我,终于接受了这沉默中讶异与喟叹的纷杂意味,不再说话,显得落寞无比,像一只忽然泄了气的气球。我们便又继续沉默着前行,往家走。姑姑在前,我在后,积雪在脚下吱吱的响着。我想着姑姑说的那些话,想着它们叉路迷津的含义,感到迷雾般的怀疑,感到一丝心慌。如果说之前那些频频出现的无话可说是出于理解,则这次不再是。

太阳很高了,阳光倾洒下来,在雪野上激起耀眼的光斑,烁烁闪动,让人睁不开眼。过黄庙不久,我们看到一个人影站在丁字路口,远远地望向这边,被强光反衬成黑黑的剪影,单薄虚渺,在雪地上蒸腾起的微微热气中幻动着,若有似无,像某种难以成形的念想。黑影后面,是姑姑家的老阁楼,陡峭的坡顶上闪耀着一片雪光。

悬停之雨

我感到有束光在眼皮上漫漶，睁开眼，向南那面大窗户的两块窗帘中间果然有一条巴掌宽的缝隙。阳光正是从那儿照进来的。昨晚睡前窗帘拉得严严实实，拉上后还确认过一遍。本想拉好窗帘再回床上睡会儿，可一来到窗前，睡意及那点儿不悦立刻消散了——透过两块窗帘的缝隙，一派壮阔的秋野景象，如同一个连夜等在那儿的惊喜，在我眼前铺展开来。

泛红的远山之腰，缭绕着一层青白色的晨雾。草坡自山脚一肆延绵而来，一条河闪烁着光斑，从其中蜿蜒而过。一块低坳处栽着一圈枯木桩，木桩间拉着的铁丝上，正落下一层乌鸦，足有百十来只，它们盘旋着飘落，快着地时，又炫技般猛然反弹升空，再飘落。甚至可以隐约看到它们头顶闪耀着墨绿的暗光。东面浩浩荡荡过来一群马，洁净的皮毛在晨光中闪耀，小马跟着大马，左奔右突。不见牧马人。让人讶异的是，马群经过时，鸦群竟安之若素，岿然不动，仅三五只小乌鸦做出受惊的样子，象征性扇了扇翅膀。

我感到震动，同时心里浮起一层说不清的懊丧：那些乌鸦，让我想到死亡竟可如此明目张胆。刚才叫醒朱青梅一起欣赏秋野晨景的那点儿念头，瞬间消退了。我回头看了一眼，她还睡着，光束正落在她的腰身上，仿佛一把明晃晃的剑正在将她劈开——而我，她共同生活了六年之久的丈夫，却在旁观。心中不禁一悸，为这个并不适宜的联想。

终于要拉上窗帘时，我注意到窗台上竟还落着几只肥硕的死苍蝇。我仔细打扫过每个角落，尤其窗台，是没扫干净，还是夜里又死了几只？昨天下午入住时，我暗自吃了一惊，窗台上落了厚厚一层，像谁故意抖落在那儿的蓬蓬松松的蒿子花。我吃惊的不是死苍蝇，而是死亡竟可如此集中。这感觉超越草原带给我的一切。就是那时，朱青梅冷淡地质问我："你觉得，还要住这里吗？"她僵在床边，神色凝重。

"已经预订了的。"

"都说了是淡季，想不通为什么还要提前预订。"

"这里不都是农家旅馆？你觉得别家会更好吗？再说，我们第一次来，提前预订有什么问题吗？"朱青梅那别别扭扭的冷淡让我难以忍受。我并不觉得苍蝇有什么问题，它们只不过是大自然的一部分，来草原旅行，应该理解这一点。但当然，我不想吵起来，便转头又去安慰她："我先打扫下，要实在不行，咱们换一家。"

最近这阵子，在许多大大小小的事情上，朱青梅都显得过于谨小慎微，几乎没有舒展痛快的时候。这次出来，从北京出发，还没到承德就因车上空气不好闹脾气，到了承德又嫌饭菜不合口味，饭也不行，面也不行，各种别扭。

"那为什么还要出来？"

"是啊，那为什么还要出来？"

我意识到自己确实有些急躁，但她更是常常针锋相对。那是在承德一家小饭馆门口。直到第二天去避暑山庄,登上了小布达拉宫,在金顶的闪耀中,在猎猎的风马旗的飘展声中,我们试着主动为对方拍照,才缓和了些。我知道,无论如何还是要尽量耐心些,我们已经两年多没有长途旅行,我忙,她也忙,出来一趟不容易。

回到床上,我没了睡意,便靠在床头看手机。朱青梅依然侧躺着,面向另一边:微卷的栗色长发,有菊花瓣形半镂空图案的明蓝色长袖衫,柔和却不乏棱角的脸庞,指头很长的手。这一切,在白色床单和薄被中,透出一丝温婉的气息。在这凝视中,心间似乎涌起了一点潮乎乎的暖意,我竟然有点感动。这大概就是如今存在于我俩之间的爱吧,像苍茫暮色中的一星灯火,使夜行人获得安慰。我为这想法舒了一口气,仿佛不经意间找到了刚才没叫醒朱青梅的本意,一种更好的本意。

十几分钟后,朱青梅醒了,转过身看了我一两秒钟,脸上要挤出点笑意,但没有挤出来。没有微笑时,她脸庞的分明棱角,总会让她显得过于严肃。"天气不错,"我说。她向窗户看了看,一手拢了拢头发,不冷不热地应了一声,"嗯。"过了一两秒钟,又补充说,

"正好。"我将这理解为她示好的一种努力。

她梳洗时，我用手机又查了查附近景点。西行十余里有个跑马场，基本不用考虑，骑马危险；跑马场往西七八里有个花海泡子，但太远了；往南过河，七八里外有个银沙滩，可以骑沙滩车，照片中，银沙滩在草木苍莽的原野中洁白如盐，朱青梅应该会喜欢。去吃早饭时，我问她意见。朱青梅定在路边，躲着一只惨兮兮的瘦狗，等它终于跑开后才说："总觉得沙滩车不安全。不如在附近走走。你觉得呢？"

我们结婚第二年，去张家口玩，一个同行的朋友由于开沙滩车开得太快，转弯时从车上摔下来，眼镜划破了脸颊。然而即便如此，那句"你觉得呢"，还是太生硬了。

我知道，她依然沉浸在昨夜那恼怒的余绪中。昨天晚饭时，她看着只有正反两面的菜单再三犹豫，旅馆老板拿着小本子就等在桌边，甚至走开一圈又回来，她还拿不定主意。我看不下去了，干脆说："别磨蹭了。"她马上将菜单塞给我，不再说话。晚饭吃得很沉默，但朱青梅大概和我感受差不多：看不出哪里不卫生，味道不错，分量也厚道。

今天的早饭是小米粥，硕大的馒头，豆腐乳和腌萝卜条，还有牛奶、鸡蛋，一人十块钱，很实惠。我看了看朱青梅，她在喝牛奶，比昨天放松多了。

我们出发前，朱青梅在村里的小卖铺买了些零食和饮料，薯片、提拉米苏、啤酒等，以及一包牛肉干——这是买完其他东西后另买的，她知道我爱吃牛肉干。之后，她又买了一顶草编的牛仔凉帽，特意给我，在避暑山庄那天，我的脖颈晒脱了一层皮。

除了我们两人，四周几乎没有其他游客。昨晚点菜时，那红脸膛的店主说现在是夹缝里的淡季，再过三四天，霜叶一红，人很快会多起来。一个穿着宽大蓝布西服的瘦老头，骑着一匹黑马往东去，马蹄嗒嗒地敲响路上的石子。后面不远不近跟着一只大黄狗，那老头勒住马，回头冲它厉声呵道："老萨，死回去！"又在空中响亮地抽了一鞭子。那狗缩着脑袋往回跑一段，卧在了路边一辆橙黄色沙滩车的阴影里。

我们也往东边去，走得不快，一会儿并排，一会儿前后拉开点距离。石子路再往东，到尽头，就成了草滩，其间蜿蜒着一条人马踩踏出来的隐约荒路。骑马的老头已到河流转弯处，那儿似乎有座石桥。老头和他的马时快时慢，在河边逡巡。阳光强烈，一人一马衬成了黑色的剪影，在刺眼的烁烁光斑中移动，有一种特别的孤独感。

我用手机拍了几张照，想招呼朱青梅来看，才发现她落在后面十几米处，背向我，看着西北方向。那里是一片平缓的草坡，从有着大片白桦林的山丘上一气延展下来，直到被成片的红瓦房和瓦房后面碧绿的玉米地——我们的旅馆就坐落在那儿——阻断。倾斜着的草坡平整得像一块晾在那儿的黄褐色地毯，上面整整齐齐地码着一个个馒头状的干草堆。

我走过去，到朱青梅身边，从背包里掏出一瓶橙汁递给她。她接过去，并没有打开，继续看着远方，过了一会儿才自言自语般说："好美啊，真希望能生活在这里。"我正琢磨怎么回应，她叹了口气又说，"但怎么可能呢。"

"要是喜欢，我们可以多待几天。"

"只是感慨一下。"说着，她转身向东前行，"真想能一直这样，想出来走走时就随意走走，无忧无虑，没什么事情来打扰。"

"那真是理想的生活了。"我深知她这只是多愁善感。

朱青梅看了我一眼，沉默了，几秒钟后又说："是啊。"顿了一下，"恐怕现在连生活的理想都没了，还能谈什么理想的生活。"

"唉，"我明白她什么意思，想叹口气算了，却不料这些话像等在嘴边，嘴一张，便自然流淌出来，"可能对许多人来讲，生活都是一种负累吧。不是在生活，而是被生活拖着走，陷在生活里，不可自拔。人人都想跳出来，可又有几个人能真正跳得脱。"

"是吗？你也这样吗？"朱青梅停下来，回头瞥我一眼又转身前行。

她的眼神让我感到，似乎瞬息之间掠过了一场严厉的审判。我感到些紧张，一时不知如何应对。她把我说的生活，理解成了我和她的生活，甚至理解成了我和她的婚姻。几秒钟后，我说："我也是啊。这些年，几乎所有精力都花在工作上，挣钱，挣钱，维持生活，但那只是一种表面的生活,租房、吃饭、穿衣,各种琐事。这样的生活太实在,实在得密不透风,没有一丝孔隙,让人喘不过气来。"这是事实,但我又拙劣地补充说,"好在,这并不是生活的全部,"我斟酌着词句,"幸亏是,我们俩一起撑着。"

我说得有点动情,边说边低头往前走,抬眼才发现朱青梅又一次停下看我,但已在收回目光了。我瞥见了她眼角的余光,那余光似乎柔和了些。我走上前去,与她并肩而行,并轻轻抓住她一只手。那手有点凉。

我们不知不觉中走下一面缓坡,已到坡底,不远处闪着一片波光,不知是河湾还是一小片湖。上到对面的坡顶,又看到那个石桥了,就在前方不远处。石桥下是开阔的河道,但河水只聚集在靠东一侧,波光粼粼,另一侧的河道中,到处是糙石及一块块的草墩子。河湾处有一群山羊在啃草,足有五六十头之多。不远处一块大石头上坐着一个女人,头上包着一块绿色的方巾,在照镜子,发现我们后便收起镜子,站起身远远看过来。她身后的天空中,翻飞着一只白色大鸟,悠游自在。

过了石桥,是一面近三十度的缓坡,我们又开始上行。到坡顶，一个蓝幽幽的大湖出现在视野里，远处升起的地气中浮着几片红色的屋顶。大湖再往东，是一片荒草平川，川道两边延伸下来的参差不齐的山岭，仿佛一头头白象，匍匐在地，象鼻正伸在荒草河道中吸水——刚才过桥时，我发现，河道中那些马头般的荒草墩下面并不是卵石，而是幽水。象头似的山岭上，偏阴一侧是苍翠的林莽，大概是云杉或松树，向阳一侧则是荒草与白桦林。山巅上空，淡淡的云团在浮动。

"像不像一头头大象？"朱青梅问我。

"是很像，"我有点兴奋，兴奋于我们间存在着的那种默契，"让人想到海明威的一篇小说，《白象似的群山》。"

"嗯，名字听上去挺美的。讲什么的？"

"讲，"我怔了一下，没想到她会追问，她平时对小说没什么兴趣，"讲两个情侣一起旅行，和咱们这情况有点儿像。"

"也是出来怄气？"

"你看过？"

"没看过。你说和咱们有点儿像，那不就是怄气吗？"

"我是说，那句话让我，"我说，"我是说，我们看到的山，让我想到了海明威那篇小说的题目，白象。"

"怄气的部分也像吧？"朱青梅说，"看来大家都觉得生活是负累，都想逃离，想摆脱，所以出来旅行也不消停。"话虽这样说，但语气已不那么别扭了。

"你也是吗？"

"我说的是某些人。"

坡底的荒草丛中竟然流淌着一条两三米宽的河，看样子不深，却斜斜地阻断了被人畜踩踏出来的荒路。好在有两根已经褪了皮的发黑的树干，并排架在那儿，小碗口粗细，看上去还算安全。我拉着朱青梅的手，小心翼翼过了这木桥。再前行五六十米，上一段砂石陡坡，就在湖岸上了。

湖岸约三五米宽，天然形成，两边的荒草和杂树由于生在水边，多数比别处的更绿，也更茂盛。荒草和杂树间有条小路，通往大湖另一端那个大概是影视拍摄遗留下来的仿古客栈。湖水看上去很深，幽蓝幽蓝，静谧如镜。朱青梅小心翼翼地挽着我的胳膊，仿佛我们身处一片危机四伏的幽秘之地。一开始高出水面的湖岸，接近仿古客栈时，消失在一片倾斜的草坡中。客栈这边地势较高，可以看到，这片湖只有西南边有岸，北边和东北边是倾斜的草坡，一直延伸到一座很高的山丘，南边是比湖水高出一截的缓坡，东边则是一片荒草滩，湖水从那里往前延伸，直至被荒草淹没。

青砖黛瓦的仿古客栈屋檐下，竟然还挂着两个灯笼，当然早已破败不堪，只剩几根龙骨上粘着几缕红纸。客栈前的水边搭着一条东倒西歪的栈道，大概在剧中，有人需要顺着这个架在湖水上的栈道走出去，从湖中打水。现在只有几根木桩歪斜在水中，本来搭在上面的横木斜落在水草间。浅水中甚至还扔着一只小木桶。我想进客栈看看，登上二楼，俯瞰这片幽湖，朱青梅抓住我的衣服，说别冒险了。

逗留一会儿之后，我们又沿湖岸返回，到了大湖南边的草坡上。这片草坡的中段，边缘陡然下降，形成了一面两三米高的崖壁。这时，东边来了一群马，大约二十几匹，懒懒散散地走来。我和朱青梅惊讶得愣在那儿了，仿佛忽然置身于异兽的世界。几乎眨眼之间，马群在一匹枣红色头马的带领下，到了我们所在的草坡。它们走走停停，随意地揪着荒草吃，全然不在乎旁边有没有人。我从没想过自己会置身于马群之中，并且它们中的每一匹都那么美，干净的皮毛亮得闪光。

"太不可思议了。"我喃喃自语。朱青梅拿出相机拍照，由于阳光太强，又撑开那把红色大伞，躲在伞影下拍。我完全没注意到，马群是什么时候向我们围拢过来的——依然在那匹枣红色头马的带领下。"马，马，快啊松明，马过来了，"我转过身时，朱青梅正一边胡乱地挥动着大伞，一边惊慌地喊叫，"快，那匹马冲过来了！"

我闪过去挡在她前面，扬手踢脚，呵斥那匹头马："去，去，走开，"又对朱青梅说，"没事的，马不会咬人。"实际上我并不清楚马会不会咬人。

那枣红色的马对我这些举动完全置若罔闻，依然试探着往我们跟前凑，像是要嗅一嗅我们身上的陌生气息。即使在慌乱中，我依然注意到，它的几乎每一寸皮毛和每一丝毛发都闪着碎光，茂盛而蓬松的刘海上沾满了蒺藜，看上去像个憨实的大男孩，但圆圆的眼珠中——我猛然发现——则映着我们身后的那片湖。我瞬间一身冷汗，快速回头，发现我们离那段陡峭的湖岸仅有四五米的距离了。

"走开，死马！走开！"我慌乱地大喊着。但那马依然在固执地向我们靠近，鼻尖几乎要触到我的衣襟。这时我意识到，朱青梅在我身旁撑着那把红色的大伞。

"快，把伞收起来！快！"我喊了一声，又顺手夺过伞，收起来，顺势向那马挥打过去。马往后一躲，终于不再凑上来了，有点扫兴似的看看我们，开始低头吃草，旁若无人。我的心脏还在咚咚地猛烈跳动。其他马匹都在几米外的坡地上吃草，像完全没注意发生了什么。我们快速离开，继续向东。

"这些家伙对我们根本没兴趣。"走了一段，我故作轻松地说。实际上，多少是为了掩饰自己的可笑。意识到这些马没什么恶意，让我为自己刚才的惊慌失措感到可笑。

"难道马也怕红色？"

"也可能是迷恋。"

"像西班牙斗牛？"

我们惊魂未定，那匹枣红色的头马已经扭头向西边的湖岸去了。其余马匹也三三两两跟过去。朱青梅拉拉我的手,我们又向东走了一段,仿佛这样就彻底远离了危险。再回首时,那些马一匹接一匹,正扑通扑通跳进那个幽蓝的大湖中,先是饮水,然后猛烈地抖动着身体戏水,湖中传来此起彼伏的踩水声,几乎能看到被它们的鬃毛甩到半空中的水珠。而那匹头马已独自在湖畔的草坡上了,此刻正回望着它的马群,悠闲,坦率,从容不迫。

"它们那才是无忧无虑的生活。"

"你不是说不可能吗?"

"马是可能的。"

"羊也是可能的。"

"是的。它们都可以无忧无虑,坦然地生活在大地上。"

"但它们也知道有马市,有羊市。"

我一下子被噎在那儿了,没想到朱青梅会这样说。她的话像个陷阱,尽管更像个并无恶意的玩笑,但我还是即刻感到,其中那些细微的芒刺,扎到了我。我知道,刚才那一瞬间信以为真的东西不过是个幻象,它不必关乎生活的真相,而只是一种逃避。朱青梅却粉碎了它,那么严肃。我扭头看她一眼,她依然望着那匹枣红色的头马,好像刚才说话的不是她。我没再说什么。

过了一会儿,朱青梅说:"我们也走吧。"她心思细密,又那么敏感,不会不知道我在想什么。果然,她更紧地挽起我的胳膊,以此抚慰我刚才所受的挫败。

荒草间的小路上,零零落落散着一堆堆马粪,有的已经风干,有的似乎刚散完最后一丝热气。一路走来,其实我们内心深处始终在隐隐担忧着可能的危险,而此时,大概由于刚才马群的有惊无险,我本能地觉得有马粪的地方不会有危险。并且一瞬间,这似乎成了某种可靠的信念,让人感到安心。远山上光闪闪的白石,队列般整齐的林莽,散漫的云团,所有这些荒蛮,此时都不再散发令人不安的气息。

拐过一个弯,两棵飒飒作响的白桦树吸引了我们。树干仅有小碗口那么粗,长在茂盛的荒草和灌木中,黄黄绿绿的叶片上,翻滚着碎银般的阳光。风忽大忽小,树冠的晃动随之时而猛烈,时而略微停歇。树对面有一块还算平整的微黑的岩石，约一两平米大小，被风吹得干干净净。我看了下手机，已将近十二点，便提议去那块岩石上休息一下，吃点东西再走。朱青梅同意了。

我们走过去，坐下，岩石晒得温热。放下背包，我把搭在脖子上的牛仔帽帽绳紧了紧，拿出一盒提拉米苏、一瓶橙汁和一听啤酒。朱青梅也将披在头上的蓝色披肩（那是以前去西藏旅游我买给她的）挽紧，又撑开那把大红伞，罩在我们头顶。大伞的阴凉正好可以将我们和我们的食物笼罩。

从这有限的阴凉下看出去，对面那两棵白桦树和它们所在的草坡更耀眼了，纯粹而强烈，几乎让人睁不开眼。那耀眼之光像某种翻滚的激情，像某种灵魂之光，时时让人感动，乃至让我有一种飞蛾扑火的冲动。我明显心跳加快，几乎确信自己会在某个瞬间扑过去，拥抱它们，或是匍匐在它们脚下的荒草中。我的脑海里，很自然地浮现出一句诗："它爱我，所以在这里相遇。"自然得像诗就写在那里，被我读到。

那种激情神秘而真实，我能感觉到自己心中因它而起的震动，仿佛我变成了另一个人，另一个纯粹不同的人。但我并没有出声，这时，朱青梅撕开一袋提拉米苏，递过来，看着我说："傻瓜，别这么激动了，吃点东西吧。"我又一次意识到，她是那么懂我，意识到这其中包含了爱，纯净的爱。

"确实，"我伸出去的手有点微颤，"确实有些激动。"吃了一口提拉米苏，我继续感慨，"大自然真是，真的可以和人的心灵产生共鸣。你看对面那翻滚的树冠，不正是另一种灵魂的激动吗？"

"万物都有某种神性，或者神秘性吧。"

"这不是神秘，而是我们能确确实实感受到的东西。"

"我是说因为有那种神性，或者说神秘性，所以万物才会以某种方式产生共鸣。"

"是啊，万物皆有灵。"

"我们感受到，只是其中一种方式。"

"思考也是一种。"

"或许还有其他的。"

"你刚才，"我想到那匹枣红色的头马，"看到那匹马害怕什么？说明什么？"

"不知道。"朱青梅语气冷淡起来，"就是怕。"

朱青梅喝了一口橙汁,又吃了个提拉米苏,过了一会儿才幽然说:"你知道吗?"转头看我一眼,"我最近老做同一个奇怪的梦。"

"一个一样的梦?"我转头去看她,她躲开我的眼神,望向远处。

"差不多吧,有时候一样,有时候不完全一样。但都差不多。"

"什么梦?"

"就是,"她突然哽咽一下,"那个孩子。我最近,经常梦到他。"

"哪个孩子?"我没明白她在说什么。

"我梦到他,去了我老家,拉着我奶奶的手,远远地一只手指着我,不说话,就那么指着。像在指着一个坏人。"

我一惊,朱青梅的奶奶正月刚过世,更让人吃惊的是,她奶奶以这种方式来到她的梦中:带着那孩子。现在,我当然不会不知道她说的那个孩子是谁了。四五年前,我们稀里糊涂有了那个孩子,最后又在慌乱中稀里糊涂将他流掉。那时他已经快三个月大。那是寒冷的十一月，我还记得，从妇幼医院的手术室出来时，朱青梅双手抱着小腹，微微斜龇着嘴，面色惨白，像个失掉了灵魂的影子。

"还有一次，"朱青梅继续说，"我梦到他在我们家阳台上，一个人在那儿默默地画画。我走过去跟他说话，他，他理都不理我。我伸手去摸他，可是，"她哭了起来，"我刚抬起手……他就不见了，就像，就像水中的涟漪……不见了……"

我不知该说什么。我能清晰地看到朱青梅描述的情景。

朱青梅哭着将头靠在我肩上，泪珠一颗颗从眼眶中滑落。我伸出一只手，搂在她肩膀上。听到她哭，我也不禁一阵心酸，但竭力不让心里那种伤感汹涌起来。我恍然意识到，正是从那次流产开始，朱青梅变了，而她所变的，正是她经常令人恼怒的地方：过分的谨慎，过多的怀疑，过量的担忧。我意识到自己太自私，理应想到那件事给她带来的伤害，理应对她所遭遇的感同身受，然而却没有——我只看到了自己难以忍受的部分。

"前几天，我又梦到他。"朱青梅止住哭声，"我梦到他，在一片荒凉的山野中，风也很大，他独自一个人走着，就像一只，"一顿，又一次抽泣起来，并立即泣不成声，但那些话还是冲破抽泣，断断续续飘出来，仿佛他，仿佛那男孩要急不可耐地让我知道他到底遭遇了些什么，"就像一只小……小羊，山野上雾……很大。我，我看到他了，但我看不清楚，我看不清楚，我只能……只能看到一个……影子……"

流产后几次偶尔提起那孩子，朱青梅每次都说是个男孩。我从不怀疑。这无关一个孩子的性别，而是我觉得，在某些问题上，女人知道得总比男人更多。我能想象到她梦中的情形，灰蒙蒙的大雾封锁了整个山野，又湿又冷，到处是可怕的荒草滩，谁也不知道它们下面是什么，动不动出现的沟壑一次次阻断前路。可他是要去哪里，可怜的孩子。而尽管大雾弥漫，他在那里，必然能看见他的妈妈，甚至也能看见我。

或许他根本不想看到我，所以从不到我梦中来。那个冬天，寒冷又贫瘠，我挣着微薄的工资，为了更便宜的房租在城市里迁徙。是我坚定地提议将孩子流掉。所以，他记恨于我吗？也所以，他的灵魂就孤独地飘荡在灰蒙蒙的寒冷冬天?像一只迷失在大雾中的小羊,孤独无助?我深知,让朱青梅痛哭泪流的,不是流产事件,而是她梦中的那个灵魂。因为是灵魂,所以更让人无法释怀。

"我,我走过去,"泪水继续从朱青梅的眼眶中涌出,"我走过去……走近他,我感到,我感到太难过了……我心里就像……有把刀在……我想喊他,可那时候……那时候我才,我才意识到,我甚至都不知道……他的名字……"她又一次哭出了声,"我甚至都……不知道他的名字。我们,是我……我们……没给他名字。我们没有……"

在这片秋风猎猎的荒原上,我似乎比在城市里更容易动情,我意识到自己早就难过极了,以至于不得不调集所有注意力来承受这个时刻。可一听到朱青梅说"我们没有给他名字",我尽所有心力支撑的那一切还是瞬间坍塌了。随之,我感到喉咙和胸腔都舒畅了一点,那是因为流泪了,本来死死堵在喉咙和心间的芒刺,都被泪水软化了。这时朱青梅停下来,泪眼婆娑地看着我,过了一会儿,又用一只手抚摸着我的背。我长长地叹了好几口气，过了好一会儿，才将还没流出的泪水重又挤回泪腺。

一阵长长的沉默。这沉默中，朱青梅依然抚着我的背。这沉默中，荒野之风依然时大时小地吹拂着，拂过对面的两株白桦树，拂过荒草与荆棘，拂过我们。

等心绪终于平复了些，我又问她："你看到他的样子了吗？"

"没有。我走过去，伸手摸他，他也伸出手，但他够不到我。我尽力伸手，也够不到他。我看到他踮起了脚尖，可还是够不到。"

只有秋风依然在对面的白桦树上翻滚着。这些年，这些事，这些反复的梦，我们已多次用沉默来接纳，现在依然需要——沉默着，借助沉默的深阔。

"所以，这次要来草原？"

"其实想了很久了。"

"你觉得，那意味着什么？我是说，在那个梦中，"我不明白自己为什么要说这样固执又几乎毫无意义的话，但话还是这么说出来了，"当你伸出手他也伸出手时，却都够不着。那意味着什么？"

"不知道。"朱青梅想了一会儿又说，"也可能，可能是我这段时间太焦躁了吧。"

"你说得对。万物间都会产生神秘的共鸣。"

"他不怪我们的。他是爱我们，所以一次次要来。"

"当年，"朱青梅的话再次让我感到心酸，"或许不该。"

"唉，"朱青梅长长地叹了一口气，"我就是，"顿了一下，"我就是想说出来，而你不是太忙，就是没有耐心听，一直没有机会说。以前完全不是这样。有时候，我想，我们的生活怎么变成了这样。有时候我甚至想，如果生活是这样，为什么还要继续。"

"可能工作太忙，不知不觉影响了整个人。"我沉吟了一会儿说，"但我真的完全没意识到你说的这些。我怎么会不听你说话。"

"可怕就可怕在这儿，连意识都没意识到。"朱青梅放下搭在我背上的手，坐直，喝了一口橙汁，"许多人都这样，走着走着丢了。走丢了都不知道。"

"如果，如果那样……"我看着朱青梅的眼睛，能看到失落，或些许残存的失望，那些东西令她疲惫，我说,"我肯定不愿那样。我不是那样的人。"

"我知道。要不然,我就不会跟你说这些了。"

这话让我略微一怔。我看看朱青梅,又把头转开了。我感到一丝淡淡的愠怒涌上心头。她的话多么严丝合缝,多么宽容,又多么严厉——严厉的宽恕,她宽恕了我,念在我不是那样的人的份上?这其中有些不对劲的东西。我想说点什么,终又放弃,不知道怎么说。不知道朱青梅是否能感受到我心中所想,但我在心里告诉自己,这正是她所愿意说出的这一切的一部分,我要听什么,就必须忍受它们所连带的其他部分。

"你知道吗?"朱青梅忽然又说,"有一阵子,我甚至都想,我们分开算了。"

我又一次怔在那儿了,不敢相信自己的耳朵,感到像被抽了一耳光,所以过了好一会儿,才问:"你是说……离婚?"

"有段时间,你对我完全没耐心,一件小事也会吵起来。我生病了,想让你给我倒杯开水,你都在忙。你在外面,对别人可以耐心,就是对我不耐烦。我就想,你是不是厌倦了一起生活,你是不是有别的什么想法。

两个人在一起,如果只能感受到伤害,为什么还要继续在一起。不如干脆分开。"

我明白朱青梅在说什么,在我看来,那是多么微不足道的小事啊。但过了一会儿,我还是说:"我也意识到自己缺乏耐心。这……唉……"本来还想说些什么,但看看朱青梅,还是把那些话咽进了肚子里。"这"或许会带出一些至少于我而言更实质性的内容,但那将会如一片幽暗的混沌,在我俩之间凝成泥潭。我知道这混沌或许是我血液中的一部分,像原罪,我咽下没说出的那些话,正如确认这原罪,如此才能掩藏那些芒刺,才能忍痛,让已说出的部分表达一种良好的愿望。

朱青梅没再说话,又一次将头靠在我肩上,眼睛望着远方。她放松了不少,只是脸上还挂着伤心之后的那层疲惫。我缓缓伸手,搂住她的肩膀。

再次起身后,我们爬上了一条山岭。越往高处走,荒草越矮小,到最高处时,只有大约二三十厘米高了,且疏疏落落,在风中瑟缩着。不时会有山岩裸露在外,秋风吹过,刮起一阵微尘。山岭上的白桦树几乎落完了叶子，地上厚厚一层，在阳光下缤纷斑斓，踩上去松松软软，簌簌作响。自山岭看下去，荒草川道开阔又平坦，我们翻过的一道道缓坡，像秋风在大河中扬起的波浪。石桥和湖都能看到，石桥如一道细影，而湖依然幽深。

在白桦树下徘徊了一会儿，我们顺着东面的草坡下行。两座山岭间的凹沟中，有一条隐约的林间小路，曲曲折折，旁边还一两堆风干的马粪。我们沿着凹沟下行。行至半山腰，出现了一片不大的微微倾斜的平坦草甸，几株高大的白桦树尤其令人心动，枝头还缀着许多未及零落的叶子，在微风中飒飒响着，色泽纯净又饱满，绚烂至极。而树下一层同样绚烂的落叶间，竟然还有些尚未枯败的野花，在烁烁光斑中随风摇曳。

一切都像明净的空气一般轻柔，让人感到不真实。我感觉到，面对这片宛如童话的美好世界，我和朱青梅的心上同时升起了某种婴儿般的欣喜。仿佛此前一切不快，都可因此获得理解，并被释怀。我凑过脸去，想亲吻朱青梅，但她躲开了。她有点儿紧张，好似树后会蹿出一个人。我相信她不会忘记，我们曾在另一座山上，在晚风中久久亲吻，那种沉醉的激情让我们双双颤抖不已。而现在，她却躲开了。这多少有点儿扫兴。朱青梅走到一棵Y形的白桦树下，喊我给她拍照："亲爱的，这棵白桦树太美了。"

她站在树后，从Y形的枝杈间露出上半身，像明艳的风信子。她没有笑，而是笃定地看着我，像又一次在审视。我从手机中看到，朱青梅白净的面庞，如我熟知的那样，柔和却不乏棱角，充满光感。我不那么确定地意识到，她的笃定或许确实形成了某种庄严，那种或许值得我永远珍惜的东西。但同时，里面似乎又有某种不可侵犯、不可触碰的东西，如同细微的芒刺，隐藏在什么地方，并且它形成了一种隐秘的屏障，把我们隔开。

"亲爱的，你有没有闻到一股清香，幽幽的，细细的。"

"有吗？"我吸着鼻子闻了闻。其实刚到这儿，我便闻到了白桦树散发的一股幽幽的清苦味儿，一种仿佛会令人迷幻的微微苦涩。

"很淡，有点儿像松树的香味，但没有松树香，也没那么浓。"

"是不是有点儿微苦，又有点儿清香？"

"嗯，是有点儿微苦。"

"不知道从哪儿传来的。"

"亲爱的，那株花，你看，蓝得像火焰一样！"

朱青梅转向另一棵白桦树，背对着我，弯腰，俯下身。那棵树下确实有一丛还没枯萎的矢车菊，硕大而幽蓝的花朵，在阳光下随风轻漾。朱青梅弯着腰，似乎微微闭上了眼睛，我想，她大概希望能嗅出一种恰到好处的甜蜜气息。这就是朱青梅吗？我无声地问自己，并随即给出回答：是，至少部分是。

一时间，安静极了。我心中涌起一种含混的冲动，含混着某种爱与恨，想悄然扑过去，从后面抱住朱青梅，将她压倒在那丛矢车菊上。将它们毁坏。冲破那禁忌。那种冲动，让我意识到自己的身体里蛰伏着一头野兽。可这时候，头顶的某个树冠中，倏然传来一声尖利的鸟鸣，尖利，令人惊惧，却短促，如某种幻觉，但又真真切切。我一惊，愣在了那里。朱青梅怔了一下，赶紧返身回来，紧紧挽住我的胳膊，问我那是什么声音。

"可能是乌鸦，"我一手捂在朱青梅手上，快速环顾四周。但越是环顾越是心慌,毕竟这儿是荒野山林,而四周什么都没发现。就在这时,我看到沟底一片树丛中好像有几匹马,有白的,有红的,也有花的。这发现让我略略放下了点儿心。

"看到了吗?那儿有几匹马。"

朱青梅看了看,没说什么。我没等她回答,一说完话便拉着她往坡底冲下去,脚步一刻不停。我确实感到一种紧迫的不安,像身后有一头熊。好在很快到了沟底,沟渠中还有潺潺溪流,但我们并没因这难得的溪流而停下脚步,我们继续向川道前行。我一直在注意,可直至到了沟口,也没看到一匹马。那些马,刚才看到的山林间的那些马,是钻入了另一片密林——还是说,刚才所见根本只是一种幻觉?

我们在沟口歇了会儿,回望被我们抛于身后的白桦林,大约只能看到五六十米深,更远处便是静谧可怕的林莽了。

前方的川道中有两棵白桦树,孤零零站在裸露的荒地上,像在等我们。我们几乎不假思索便往那儿走去,想着在树下休息一会儿,吃点东西再走——或许,等吃完东西也该回旅馆了。那两棵树比我们远远看到的要高大许多,稀疏的树冠随风动着,树干粗壮,周围好几堆马粪,都已风干。其中一棵树干上,有一块被削去了树皮,边缘翻卷成一圈疤痕,刮掉皮的部分依然裸露着,呈现出一种暗沉沉的白色。

裂开的树皮和节疤上,粘满了马匹白色的细绒毛和几丝长长的鬃毛。朱青梅凑过去看了一会儿,说:"都是白色的,这是白马的专属营地吗?"

"白马会找地方啊,"我说,"你看这里,风多好。"这时我看到左前方的半山岭上,有个瘦小的石堆,好像谁堆在那儿的玛尼堆。没有风马旗。

"你知道吗?"朱青梅有点兴奋地看着我,"昨天晚上,我看到了一个奇观。"

"什么奇观?"我不知道她想说什么。

"大约一两点时,我听到窗外有动静,到窗前去看。先是吓了一跳,一团白雾一样的东西,再看,原来是一匹低着头的白马,在地上找东西吃。就在窗外,像个影子一样,天空中星光点点。我拉开一点窗帘时,它注意到了我,竟然将头凑近窗户,像认识我。我拿过手机,打开手电筒照亮，想看清楚些，但它默默走开了。"

"一两点？"我没想到朱青梅失眠到那么晚，昨晚我们不到十点就睡下了。

"有点失眠，"朱青梅显然不愿再提那些不愉快，但白马夜临的奇观她很想告诉我，"也真是奇怪，那马走后，我再回到床上，很快睡着了。"

"还好只是一匹马。"

"可不是吗，哪像某些人，上床就呼呼大睡，一点儿不在乎别人是不是睡得着。"

"我是说，听到动静，你叫醒我。"

"我倒是想叫，又想，打扰了人家的美梦怎么办。"

朱青梅是真想把这个奇观讲出来和我分享。我能想象，她犹豫再三，最终还是放弃了叫醒我的念头，而宁可冒着被惊吓的危险。我甚至能想象她看到星空下那团模糊白影时的惊惧。没确认那是白马之前，她宁可没有白马，宁可什么都看不到。她之所以起床去看，只是为了确认那些她希望没有的东西真的没有。她就是这样的人。

我感到心中有什么东西微微一沉，随即明白，是我从朱青梅那里感受到了几乎难以忍受的不信任。而尤其让我耿耿于怀的是,这种横亘在我们之间的不信任的裂隙是双倍的,而那种裂隙所形成的距离,我根本无法估量。我没有把早上透过窗户看到的鸦群奇观告诉她。这或许是对的。

"我其实也没睡着。"我不知道自己为什么要开这么个玩笑。

"怎么可能?"朱青梅马上紧张起来,看着我,要从我眼中看出真假。

"当然是开玩笑。"我说,"我要是没睡着,怎么会不去看看。"

"想想也是。"朱青梅说,"只是有点儿遗憾,你没看到。"

"我能想象出那情形。你在屋内,白马在窗外,你们对对方来说都是突然降临。也许在某一瞬间,你们都会觉得,看到的是自己的投影,一种陌生却在某种程度上真的属于自己的影子。"

"没错,或许那白马真是我灵魂的投射。"

"湖畔的红马是在你身上看到了一匹白马?"

"可能吧，可能它认识我。但我确实看到了。不是幻觉，也不是梦。"

"当然。我不是说你看到的是幻觉。"我不是不理解朱青梅的意思，但还是强调了一遍，可这强调又十分含糊，"我是说，在某种意义上……你理解的。"

"谁知道呢。也许我前世是一匹马。"

我跟随某种难以言说的东西，奇奇怪怪地引起这个话题，又无法说下去，只好默然坐了一会儿，指指对面山岭，说："你看，那边山岭上，是不是有个玛尼堆？"那就是个玛尼堆，一个孩子般的小玛尼堆，只是我不知道朱青梅有没有看到。我想去那儿看看。我知道，如果朱青梅看到那个玛尼堆，也一定会想去看看。

"啊，"朱青梅顺着我手指的方向看去，很欣喜，"真的，真的是一个玛尼堆！"

我们又一次动身，向那个玛尼堆走去。山岭远看平缓，待走近却陡峭起来，但也并非不可攀登。很快，我们到了半山腰那个小小的玛尼堆旁边，它在山岭约三分之二高处，矗立在山脊一侧的一个小低坳中。不知是什么人捡了些碎石块,大大小小堆成一个瘦瘦尖尖的锥体,又在顶上小心翼翼地叠了几块扁平的石头。不同石块淡淡的天然色组合在一起,虽则简陋,倒也雅致。

朱青梅有点儿兴奋,像偶遇了一处圣迹,捡了好多块形状、颜色各异的石块,拿不过来,干脆用衣襟兜过来,倒在石锥下面,再一块一块堆叠上去。堆完后,她让我给她拍照,然后盘腿坐于玛尼堆旁边,双手在胸前合十,静静地望着远方。我掏出手机,在她前方的低处蹲下来。取景框中,朱青梅和玛尼堆静穆地耸立在山脊上,风翻动着她的蓝披肩和露出来的头发,像翻飞的风马旗。身后是远树和白云。一切都透着些庄严,又透着些荒蛮。

朱青梅在说什么,我没听清,追问了一句,她喊道:"我是说,不知经过了多少人的手,才堆成这么一座小小的玛尼堆。"

我这才意识到(之前并不清楚,也根本没留意过这个问题),玛尼堆原来不是某一个人堆成的,而是集合了众人之力。我走向朱青梅,顺口说:"堆这座玛尼堆的人,大概是同一类人吧。"

"他们都相信愿力的。"

"这种相信会构成他们的实质,或者说本质吗?"

"我觉得,"朱青梅说,"相信本身才重要吧。至于本质,怎样才算人的本质呢?是说人与人之间相同的东西吗?"

"应该是构成他们特质的东西,构成他们独特性的东西。"但话一出口,我意识到我可能掉入了自己挖的语言陷阱,人们的独特性和拥有某种相似性并不必然冲突。

"每个人都有独特性,"朱青梅果然马上说,"但独特性是独特性,愿力是愿力。"

"那为什么要堆玛尼堆呢?"

"就是愿力,是相信愿力。"

"愿力是什么,又相信什么呢?相信众人的力量有助于个人愿望的实现吗,或是其他的什么?"

"不一定非要实现什么,"她顿了一下,"但你那么说也行。愿力是可以相助的,相助一种总体的愿望。或许是指,成为一个更好的人,有更好的生活?"

"你说得对。只是,"我觉得朱青梅说得对,重要的是相信或愿力，而不是本质，本质似乎反而成了一种虚无缥缈的东西。但我又觉得哪里不对劲。

"亲爱的，"朱青梅打断我的话，指指远方，"你看，那儿好像是个城市？"

远处是浮着一些高楼的顶部，有东西在烁烁闪光。荒野中看见城市，那种异质感多少有点让人兴奋。我们再次沿山岭上行。我还在琢磨刚才的话，我要强调的是少数人之间那种一致的独特性吗？但那又是什么，是那种东西构成了个人的本质吗？并且确实，似乎愿力才是有意义的。这成了对朱青梅的又一次确认，这确认让我感到些失落。

快到山顶时，看到一片凹陷的平坦草甸，远远能看到茂盛的荒草翻卷着匍匐在地，边缘处，荒草垂挂下来，如女人梳理整齐的长发一般。那种野性的芜杂，让人有一种只要到那儿就可以放虎归山的错觉。这时，我终于惶恐地意识到，我始终在几近盲目的追问中探究的是什么了，那就是：我频频以沉默代之的、咽进肚子里的那些密集的话语，或许正是我称之为实质的东西——而朱青梅也有。它们在更深处，决定着我们身体里那个隐秘的人,只是我们小心翼翼地躲着,不去触及。

那草甸并不在我们所在的山岭上,而是在另一座山岭的顶端,与我们隔着一道不大不小的沟壑。沟壑边缘盘绕着一条羊肠小道。我们沿着小道,继续向前,高一脚低一脚。阳光暗淡起来,风也紧起来。绕过拦在羊肠小道上的一棵芜杂的酸枣树,终于到了。

草甸足有三四个篮球场那么大,侧缘是或陡或缓的草坡,南面最陡,看上去足有四十度。下冲数百米,是一层环在山腰的微倾的草甸,大约二三十米宽,边缘又是一面坡,直通坡底的荒草滩——那是川道。这里来过不少人,能看到人走过、坐过甚至打滚的痕迹,草坡上轧满了宽大的车辙。看着这些,我想到,在一些另外的日子里,城里那些有钱的中年人,带着面容姣好的姑娘们,开着他们引以为傲的驾座,把油门加到最大,怒吼着,一遍一遍从下面的草滩一气冲上来,再俯冲下去。

"看这些车辙,有钱人真会玩儿。"

"你看那边,那些乌云。"朱青梅指着城市方向。

确实有一大团乌云,看上去在那座城市上方。此时太阳在乌云的干扰下忽隐忽现,已十分惨淡。但我想,应该还不会下雨。我没说话。

"会不会下大雨?"朱青梅说,"我们回去吧。"

"不至于,远着呢。"

"那边黑沉沉一片,已经在下了。"

远处的天空划过一道闪电。我有点意犹未尽,但还是和朱青梅一起沿着草坡上的车辙往坡底走。下面是川道,我们得沿着川道回宾馆。没走几步,风大起来,乌云聚集,头顶开始有闪电。我们加快步伐,好几次差点滑倒,这让人更加心惊胆战,谁都清楚,在这面陡坡上,一旦滑倒,后果不堪设想。我紧抓着朱青梅的手,集中精力在前面开路,她在后面步步跟随。可还没到半山腰的草甸,已经乌云蔽日,雷电交加,猛烈的山风好几次要掀掉我的帽子。这变化快得让人难以相信。

一到半山腰的草甸,我们又跑起来。这层草甸边缘的草坡平缓了些,荒草像浓密的马鬃,在风中波动。朱青梅的蓝披肩几次要被风刮走,她一路紧紧抓着。可跑了没几步,车辙消失了。这意味着,荒草中会随时出现我们无法看清的危险,一个足以让我们扭伤脚踝的坑洞,或一窝致命的野蜂。而闪电和雷鸣又在我们头顶,一阵阵闪亮，一阵阵炸响，雨滴也很快开始落下来。远处的川道旁有一辆冒着黑烟的拖拉机，满载着干草，正在艰难前行，往村镇方向去。我边跑边安慰朱青梅说："没事，你看，那边还有牧民。"

大约二十来分钟后，终于到了山下的川道旁，但我们狂跳的心并没有放下。这段川道开阔而平坦，一棵树都没有，像一片迷蒙的原野。我们能看到，电光劈在远处的草坡上，甚至直接劈在川道中。这让人不寒而栗。雨滴变大，砸在我们头上，只是还没有密集起来，衣服已经半湿，风也在变大。我们不敢打伞，担心伞骨可能招致雷电。我们沿着川道边一条隐约小路奔跑，它通往刚才那辆拖拉机的方向。

跑了十多分钟，那条小路突然拐弯了——依然沿着川道，可川道拐进了一个喇叭形的沟口。从我们所在的地方看去，根本无从判断这个拐弯有多大，也无法知道拐进去的沟口是什么情形，更不知拐过这个弯会不会还有下一个拐向别处的弯。我和朱青梅相视一眼，清楚自己面临的是什么情形。川道对岸是一面倾斜的草坡，比川道高出不少，那里隐约有条路，看上去离我们一两百米远。我快速作出一个决定，抓紧朱青梅的手，向那面草坡跑去："我们去那边，上草坡，那是我们来时走的路。"

可奔跑了十几分钟后，我的心再次因惊惧猛跳起来。刚才那平坦的川道消失在了荒草间，丛丛荒草并非长在平地上，而是长在一个个散落在水中的马头一样的荒草墩上。马头之间是幽暗的河水和淤泥，无法判断深浅，而且草墩之间的距离也大小不一。我这才意识到，这根本不是什么荒弃的平坦川道，而是一个假象，是一条蛰伏着假寐的幽水巨蟒——并且，上游不远处便是那片幽深的堰塞湖。这意味着：一旦暴雨骤降，湖水出堤，奔涌而下，瞬间会灌满河道。

可我们已经到了河道中央，进退两难。不能再犹豫了，我抓起朱青梅的手，硬着头皮，找准那些荒草马头，奔跑，跳跃，继续向前。我们必须以最快的速度跑上对面的草坡。可朱青梅一脚陷入了荒草间的泥潭，惊慌得喊起来。我使劲儿拉她，拉不出来，又返身，弯腰抱着她的腿，先拔出脚，再抓出鞋子。等朱青梅穿好鞋，我一边转身一边对她说："看准这些荒草墩，我们踩着跳过去。不远了，很快就能过去。"

"我们不要再冒险了！回去吧！"我回头，看见朱青梅严肃地站在那儿，语气和眼神中此时已满是怀疑与怨恼。而很快，我也是了，我们心中深藏的那些东西，此时都开始探出头来。她怎么能这样想，我是在冒险？这想法很快点燃了我心里的怒火："这怎么是冒险？回去？可现在能回到哪里去？"

"可这里是沼泽啊，到处是淤泥，陷进去怎么办？！"

"你回头看看，"我指了指已被我们甩在身后的川道，那里正在劈下一道凌厉的闪电，"我们已经走了三分之二，现在还能回得去吗？！"

"可这么走，我们会陷进去的！"

"不会的，"我意识到这样纠缠无济于事，便尽量控制自己，想说服她，"看准，我们踩着这些草墩，不会陷进去的。有我在。你放松点儿。不远了。很快就能出去。"

"我真的很怕。我们退回去吧。"

"退，"危险的境况，以及隐忍的无效让我又一次暴怒起来，"你看到那些闪电了吗？我们还能退回去吗？！

暴雨下下来，我们会像树叶一样被冲走！我们现在，唯一的办法，是尽快离开河道，"我语气又平缓了些，"不远了，上了前面的草坡就安全了。快走吧！"

"我不敢，我们会陷进去的！"朱青梅在发抖。

这时，又一道闪电划过天空，接着，一阵惊雷，雨点更加密集起来。我们刚刚跑下来的那面草坡，已被灰色的雨幕包围，一派苍茫。风打散从空中砸下来的雨滴，在不远处的荒草上形成一道白色的水沫带。我恍然一惊，以为大水已经奔涌而下，细看才知不是。心脏几乎已跳到极限，同时，本能一遍遍命令我快速离开。

"别害怕，"我用尽耐心，再一次劝慰朱青梅，"我们看准草墩，踩好，不会陷下去的。我们必须马上离开这里，雨一下大就真的麻烦了。"

"我怕……"

"怕，怕，你怕什么?！我说了没事没事，为什么不相信我?！"

"都现在这样了，你让我怎么相信你?！"

"那你，"这种埋怨让人十分沮丧，我的耐心彻底耗尽了，本想说那你想怎样就怎样吧，我要走了，我的身体似乎已经接到指令，但某种东西又立刻消解了这一闪的念头。它阻止了我身上最坏的东西——我感受到了，尽管极其微弱。这时，又一道闪电劈下来，雨滴更加密集。风继续将雨滴打碎，朱青梅身后荒草上的那层灰白的雨沫带在变宽，那么像正在奔涌而来的水浪。

我猛然向前，一把抓过朱青梅的手，拽着向前跃去。朱青梅被吓住了，一开始有点迟疑，但很快跟着我跑起来。而在刚刚转身的一瞬，我瞥见那灰色水沫带中，浮动着一个灰暗的影子。我心中一惊，快速再次回首，可什么都没有看见。然而，那灰影已存于我脑海中，开始反复闪现，以至于即便我集中全部注意力向前奔跑，还是不小心一脚陷入了淤泥中。朱青梅在惊慌中费了好大的力气才将我拉上来。在朱青梅拉拽我的慌乱中，我又一次在她身后的雨幕中寻觅，依然什么都没看见。但刚刚那一瞥依然在快速回闪，那回闪使我确信，我看到的是一个湿漉漉的男孩的灰影。

荒草马头间的距离没有扩大，更没有糟糕到不可跨越的程度，跑着跑着，我们似乎突然便置身于那面草坡上了，川道已在身后。我们终于可以略微放慢脚步，歇口气。四周的一切都在灰暗的雨幕中。从这草坡上可以清楚地看到，河道的这半边几乎都是一堆堆马头般的荒草墩。我感到一阵阵后怕。雷声依然在轰隆隆滚来，略微缓口气后，我们再次跑起来，只是已在来时路上，惊慌消失了大半。

大雨最终并没有落下，我们刚过那片大湖，雨势即骤然衰退。雨滴还在零落，但天空中那岩灰色的云层像被什么摧毁，已现出三四条深邃的裂缝，透出近乎鲜蓝的明光。一面草坡上，此时又出现了十几匹马——除了四处湿漉漉，除了路上的泥泞，一切和我们来时所见是那么相像。空气有点微凉，但分外清新，雨驱散了连日来隐在空中的沉闷。我感到一身轻松，平静水面般那种坦率的轻松，并感到一种新的信心，仿佛雨中奔跑涤荡了浑身的尘垢，仿佛得到一个刷新过的我，又可以敞开心扉。这感觉如此真切。

到旅馆后，冲完热水澡我们上了床，拥抱在一起。过了许久，我轻声说："或许，真是上天眷顾了我们。"说话时依然能感到，那阵后怕像尚未远去的隐隐雷声，还在持续翻滚而来,而河床上的灰色水沫带中,那个湿漉漉的男孩的暗影也再次闪现——依然模糊不清。我意识到,所有这些使我的话听上去像极了祈祷;我也深知,男孩的暗影我将永远无法忘怀。但我没对朱青梅提起一个字,以后也不会。它要求如此的缄默,如同要求一些事未曾发生。朱青梅没说话,只是将我抱得更紧了些。她的身体有点儿温凉,温凉正在变得温热。

赤金色的夕光透过窗户射进来,落在床对面的深褐色木桌椅上,那里散乱地堆放着我们湿哒哒的衣服、背包、相机、牛仔帽、蓝披肩,以及那把沾了泥的红色大伞。这明净的夕光,此刻也在外面照耀着我们走过的荒草坡、堰塞湖、白桦林,以及未被大雨灌满的马头河道,照耀着大地上的一切,一切事与物,一切期待与失落,带着某种神秘而严厉的怜悯,仿佛一种教导,会使一些事情变得稳固,变得恒久。

夜风鼓荡衣裳

五点过后,我去了果园旅社。太阳已偏西,但依然明晃晃的,天依然燥热,没有一丝风。舅舅他们住在一楼,灯管昏暗的楼道尽头,南侧倒数第三个房间。老旧的朱红色木门虚掩着,门缝中透出一线亮光。我推门进去。

舅舅坐在一架靠墙的高低床下铺,两腿交叠着搁在床沿上,睡着了:头斜斜地耷拉着,垂向一侧,闭着眼睛,半张着嘴巴,呼噜声粗重,额头上积了一层细汗;左手向外搭在大腿上,手里还拿着半瓶康师傅矿泉水,不见瓶盖;大红色的袜子上有些灰色的污痕,脚掌和脚跟处各破了一个洞,露出了皮肤。一台脏兮兮的白色美的风扇，吱吱嘎嘎摇着头，呼呼地吹着，时不时吹动他的T恤和头发。

孩子被他挡在床铺里面，不声不响坐着，光着脚，光着腿，光着屁股，见我进来，羞怯般微微一笑，就愣愣地呆在那儿了。还是那个样子：额头上青一块紫一块，网兜般的白色弹力帽滑稽地裹在头上，一条纱布似的白带子系在下巴上，弹力帽下面是青幽幽的头皮，发茬清晰。床铺的角落里扔着一只黑灰色的小挎包，表面上凸起着一个快要磨掉皮儿的深红色英文单词——BOSS。

我想把舅舅手里那半瓶矿泉水拿下来，瓶子却被他捏得很紧。稍一使劲儿，瓶子没夺下来，舅舅却一惊，随即弹簧一样弹起来。紧接着，嘭的一声，头撞在上铺的床架上。他一手揉着被撞的头皮，一手将那半瓶矿泉水搁在床边的三斗条桌上，一边找鞋穿，一边慌慌张张问我："几点了？几点了？迟了吗？"

"快五点二十了。"我说，"不迟。"

"刚给吃了药，坐下没一会儿，竟然睡着了。"舅舅一手摩挲着头上被撞的地方，又在刚才起身的地方坐下，撑开两只胳膊，伸着腰，打了一个充分的哈欠，然后指指床铺另一头，"坐吧，松明。"声音里透着困倦。我在床铺另一头坐下。孩子睡眼迷离，迟钝地转着脑袋，看着他爸爸，像只迷了路的不知所措的小羊。我看看他，他先微微一笑，随即低下了头，又一次害羞一般。

我有点心不在焉，坐在那儿，一直在想朱青梅那条奇奇怪怪的短信："如果两个事物之间没有吸引力，他们便注定不会拥抱。"我快要疯了，完全搞不懂她在想什么，恋爱快三个月，还不能拉手，稍微一碰，她要么严肃地躲开，要么就生气。

外面阳光明亮，透过窗玻璃落在两张高架床之间那个油漆斑驳的土黄色条桌上，落在条桌上的杂物上，像要将它们点燃：残留着两片干辣椒和几条土豆丝的快餐盒，一卷有点儿发黑的卫生纸，一只拴着红绸绳的铜钥匙，一个由矿泉水瓶切割而成的临时烟灰缸（边缘聚着一堆瘤一样的突起），一把有着点点黑斑的银色老式剃须刀，一堆贴着粉绿粉蓝标签的白色约瓶，以及一堆扁平的纸质药盒。

"收拾走吗？"舅舅问。

"收拾走吧。"我看看床上的孩子。

"不到五点就吃过药了,快了。"舅舅知道我看孩子的意思,又说,"那你坐着,我去收拾一下。"他起身,弯腰端起条桌下那个粉红色的塑料盆,向门口走去。盆里一条红色毛巾,上面还绣着一个"囍"字,一块紫色香皂,还有一把绿色塑料梳子。

两三分钟后,舅舅又回来,额前和鬓角的头发湿漉漉的,一绺一绺贴在皮肤上。他冲我微微一笑,"没拿刮胡子的,"从桌上拿过那把银色剃须刀,又一次出去。

这次他出去没多久,孩子啊啊啊喊起来,声音不大,却嘶哑又尖厉,像锥子划在玻璃上。叫了两声便紧闭双眼,双手使劲儿拍打自己的头,闷声响着,一下又一下。"是不是不舒服?"我有点慌。可他依然在拍打自己。"要喝水吗?"我问。孩子拍打自己脑袋的声音仍然在响。"躺下来,睡一会儿吧?睡会儿就好了。"他根本不理我,依然拍打自己的头,啊啊啊叫着,声音不大,依然嘶哑又尖厉。

我怕他伤到自己,赶紧去拉他的手,没想到他力气那么大,胳膊往回一抽,差点儿将我拉倒。又拉扯两下，冷不丁"咚"的一声，头猛撞在床上，趴在那儿不动了，也不叫了。我的心脏骤然狂跳起来，一时愣住，待回过神来，第一个念头便是赶紧找舅舅。大步走到虚掩的房门旁，我意识到什么，放下已经抬起来要去开门的胳膊，又返回床边，小心翼翼伸出右手，将两根手指凑向孩子的鼻孔——有呼吸，粗重的呼吸。

我舒了一口气，重新在床边坐下，等着心跳平缓下来。几分钟后房门开了，舅舅端着塑料盆站在门口，他往床上看了看趴在那儿的孩子，问我："睡着了？"脸上是掩饰不住的快活神色。

"刚睡下。"我小声说。

舅舅将塑料盆放到桌子底下，看看孩子，咧嘴一笑。他洗过头了，头发梳得顺滑，也刮过脸，看上去精神了不少，似乎也年轻了些。嘴角处刮破了一点皮儿，伤口已凝结了一粒芝麻大小的血痂。放好塑料盆，他拿过桌上那卷发黑的卫生纸，撕了一大团，一脚踩在桌沿上擦起皮鞋来。两只皮鞋都水渍渍的，都洗过。擦完又从上铺拿下一个褐色的大行李箱，翻出一件淡紫色的花格短袖衬衫，起身脱下白色T恤，换上。

换好衣服,舅舅又出了门,我知道他是去盥洗室照镜子——果然是,很快再次出现在门口,一手扶着门框,一手抓着门把手,冲我一笑,说:"咱走吧?"

"走,"我意识到自己需要上个厕所,便说,"我上个厕所。"

我从楼道里的公共卫生间返回时,舅舅正俯身在床上绑着什么,见我进来,便停了手,看看我,又一次咧嘴笑笑,继续忙活起来。他在用一些白色带子绑睡着的孩子。孩子仰躺在床上,身上已缠绕了好几圈,仿佛一个粗疏的老茧将他裹在里面。把带子系在床架上之后,舅舅又在一只行李袋中找了一把挂过吊瓶的塑料软管,将它们一条一条续接起来,再次缠绑。

"这样就不会有问题了。"

"不用担心吧?这里安全的,学校里。"

舅舅一愣,看看我:"不是不是,我是说绑着,就算醒来,也不会掉下床。"停一下,又笑笑说,"不担心人偷,这样的孩子。"

公交站正是人多的时候。舅舅问我坐几路车,我对着站牌确认一遍,告诉他69路、22路都可以。舅舅走到站牌前,手指划着线路牌,看了又看,回头问我,"怎么没看到?"

"要倒一趟车,"我觉得舅舅太紧张了,"有我在呢,舅舅你不要担心。"

他这才走过去,在候车亭下的不锈钢横凳上坐下,掏出一支烟,点起来。还没吸两口,冲我喊:"快,快,松明,车来了。"边说边掐灭烟,剩下的半截别在耳朵后面,站起来准备上车。我一看,来的是96路,告诉他错将96看成了69,舅舅讪讪一笑,从耳朵上拿下那半截烟,退回来,又坐到候车亭下的不锈钢横凳上去了。

96路公交车上下来一个戴橙色边框眼镜的薄嘴唇女人,后面跟着个戴同款眼镜的小男孩,八九岁的样子,头发毛茸茸的,像只小鸡。他们下车后,转身站在候车亭下。

太阳已经西沉,只有马路中间的隔离带中那排高人的老杨树上,还披着一层金晖,别的地方都开始变暗。女人指指那些金光闪烁的树冠,问男孩:"博宝,看那些大树上的夕阳，好不好看？"孩子瓮声瓮气说好看。女人接着问："有句古诗怎么说来着？"

"大漠孤烟直，长河落日圆。"

"不对，你看这儿哪有大漠，哪有长河？"

男孩一连说了好几句古诗，都不对，直到闷声说："妈，我不想背了。"女人说你都是九岁的男子汉了怎么能这样任性，又说："这次妈妈告诉你，可不许再忘了啊，记住了，是'夕阳无限好，只是近黄昏'。"孩子翻着眼睛，不情愿地小声念一遍。女人抚了抚男孩毛茸茸的头发，没再说话。这时，她才有点慌张地发现一个男人坐在斜后方的不锈钢横凳上，正盯着他们看，嘴里叼着半截没点燃的香烟。她拽拽孩子，往一旁挪了挪。

我早发现，从男孩背出第一句诗，舅舅就在看人家，连叼在嘴上的香烟都忘了点。那对母子往旁边挪了挪之后，舅舅才从兜里摸出打火机，一连几次没打着火，像甩水银体温计那样甩了甩，再打，终于有了火，但手一晃，给熄灭了。他又将那半支烟别在耳朵后面，过来问我，"松明，照相机带了没有？"

我脑子嗡一声，赶紧返回宿舍去拿。下午最重要的事就是在宿舍门口的打印店租借照相机，买胶卷，可租来了竟然忘了拿。我知道舅舅好不容易来一趟，一定要多拍些照片，况且他早叮嘱过，"不照点相，不是和没来过一样？"怎么会忘，因为朱青梅给我那条没头没脑的短信吗？我心里浮起一些郁闷来。

拿来相机没多久，69路公交车来了。我和舅舅上了车，还有一个空座，我让舅舅坐，他象征性地谦让一下，见我没动，便过去坐下。公交车开动后不久，舅舅拉拉我的衣服，"你看那个孩子，"他指指前面，小声说，"你让他来坐吧，你看他那个书包，看着都重。"我这才注意到，那个薄嘴唇女人和她儿子也在这趟车上。那孩子背着一只沉甸甸的蓝书包，上面是一只翻白眼的唐老鸭。我看看他们，又看看舅舅，终于还是懒洋洋地说，"没事，你坐吧。"我不想管这种闲事。

过了一站，又有人上车，那女人和孩子被挤到靠近下车门的地方。舅舅突然站起来说，"那个小娃娃，你过来，来，你坐这儿，"他说得慷慨又愉快，像在好心施舍什么东西，还伸着胳膊，拨了一下那男孩的书包，又指指座位，"你来坐，快来。"

那男孩看看他，又看看自己的妈妈，女人看了舅舅一眼，又看看她儿子，说："你自己想坐吗？如果你想坐就去坐吧，但别忘了做一件事。"

男孩高兴地钻过人群的缝隙，背着书包坐在那个橘黄色的座椅上，整个身体紧绷着，直挺挺地靠在椅背上，很快又坐直身体，差点儿忘记什么似的冲舅舅喊："谢谢叔叔！"又冲我喊："谢谢叔叔！"女人也跟了过来，站在那个座椅旁，舅舅往一边挪了挪，给她让出些空间。男孩的话让女人感到惊讶，她看看儿子，看看我，又看看舅舅。她没搞明白儿子为什么要感谢我。我说了声不用谢，孩子神秘地冲他妈妈笑笑，便心安理得地坐着了，头紧紧地靠在椅背上，闭着眼睛，使劲儿缩着嘴，故意做出猴子一般的调皮样子。

过了好一会儿，舅舅说："孩子才九岁？"那女人微微侧一下头，看看他，但没说话，好像侧过头只是为了确认那不是在问她。孩子睁开眼睛，看看妈妈，又看看这个给他让座的男人。舅舅接着说："我家老二，今年也九岁。"

"不，我们博儿虚龄九岁，实际也就七岁。过七周岁还没几个月。"女人终于说话了，口气淡漠。她并不想和舅舅说话，只是在纠正一个错误。我觉得舅舅是在自讨没趣，但又不能让他别说话，只好暗自希望他意识到人家不想和他说话。可舅舅又说话了，语调还挺兴奋："才七岁啊？七岁就会背那么多古诗?! 小天才，真是小天才！"

"他最喜欢的是钢琴，已经可以弹十几个曲子了。"女人很自豪。

"我不喜欢钢琴，也不喜欢背古诗。"男孩闭着眼睛说。

"说什么呢。还记得妈妈给你起这个名字是什么意思吗？"

男孩没说话，女人继续说："多学习，什么都懂，才能博采众长，是不是这个理？"

"可是好累啊，要学的东西也太多了点。"男孩嘟着嘴，叹了口气。

"你疯玩的时候怎么不说累？"女人说得很严厉，语气凶巴巴的。

"哎呀，孩子还小嘛，"舅舅插话，"这么好的孩子了，你就不要太逼他了，你……"语气中似乎有一点点略带焦躁的不满，好像他在说的不是别人，而是我舅妈。我先吃了一惊，接着心里感到一阵好笑。女人也吃了一惊，先是一愣，接着便毫不客气了："我说你这人，什么叫逼啊，这是培养你懂不懂？不好好培养，孩子将来怎么出人头地？"一副被挑衅了的样子。

舅舅似乎意识到了什么，嘟嘟囔囔说："就是孩子还小，你……"

"那我问你，"女人来了劲，"你家孩子几岁了？"

"九岁多，快十岁了。"

"他会背多少诗？"

"一首都不会。"

女人被噎了一下，但还是说："好，那我问你，他有没有什么特长？"

"没有。"

"也没有兴趣？也不上兴趣班？"

"没有。不上。"

"你……你是不是……算了算了。"

"我不是。"舅舅立刻说，好像他明白她的意思一样。

"舅舅,"我赶紧插进话来,"算了算了,别说了。"

"我知道,"没想到舅舅也来了劲,"孩子就是还小嘛。我又没说错。"

"好,那我问你,"女人又说话了,压着声音,但还是很生气,正像刚遭遇了第二次挑衅。男孩拉拉她的衣襟,示意她别说了,她气呼呼看儿子一眼,"你别管。"接着转向舅舅,"你说你儿子十岁,不会背一首诗,没什么特长,也不上兴趣班?"

"就是,"舅舅说,但话刚出口又泄了气,不耐烦地说,"算了算了,不说了。"

"别呀,"女人这下彻底被激怒,甚至略微提高了点声音,"算了干吗,你不是爱争理吗?那我问你,他是天才吗,什么都不用学,就优秀?家长也不担心?"

"不优秀。"

"不优秀?"女人又被噎了一下,"那,那他是傻子?"

舅舅抬头看了女人一眼,咽了口唾沫,这才说:"差不多吧。"话还没说完,便有如阴云漫山,神情倏然黯淡下来。我赶紧说:"算了算了,我们往那边站站。"

舅舅看我一眼，又瞥了那女人一眼，一步也没动，只是转过头去，不再看那女人。

男孩拉了拉妈妈的衣襟，女人看看孩子，看看旁边这个神情灰暗的男人，一下子惊慌起来，又转向我，求救般看着我。我强压着心里的不耐烦，含含糊糊说："算了算了，每个人情况都不一样。"女人还盯着我，但我没再说一句话。车里安静下来，刚才看着他们争论的那些人，也都收回了倦怠的目光。

到公主坟下车时，天已快黑透，四周的商厦都亮起煌煌灯光。我们刚下车，10路公交车来了，我说10路车也可以到，舅舅又一次来了兴致，跑着上了车。刚才那些不快，几乎瞬间一扫而光。这趟车上人太多，我们被紧紧地挤在车厢前部，动也不能动，很快一身细汗。舅舅侧着身，悄悄问我："都是去看夜景的?"那样子多少有点大惊小怪。我摇了摇头。我不想说话。车内亮着灯，可以看到，许多人额头上都在出汗，衣服粘在背上，透着一摊摊的湿痕。

过了三站，我们被挤到下车门附近，人与人依然紧挨在一起。车开得飞快，车窗开着，热风呼呼灌进来，猛烈地吹动着我们的头发。到复兴门时,一个皮肤白净的丰满女人一点一点往外挤,嘴里不停地说着劳驾。她的灰色连衣裙太薄了,黑色的胸衣完全透出来,白色的高跟凉鞋,让她在这拥挤的人群中每走一步都要倍加当心。她背向我们,从前面挤过去时,舅舅似乎打了个不易觉察的激灵,身子触电般往后缩。女人走下车门时,我才看到,她灰色连衣裙下面的黑色丁字裤,也像胸衣一样全透了出来。

舅舅干咳几声,像嗓子眼失了火,瞥我一眼,随即低下头,亮晶晶的汗珠密集地缀满额头,耳根连着脖子,红成了一片。"太热了。"他低声嘟囔一句。

到西单时,差不多下了一大半人,车厢内才略微空了些。我掏出手机看时间,已经快七点半了,但没有新短信。我依然不知道该如何回复朱青梅那条"吸引力"的短信,更感到心烦意乱。舅舅凑到我跟前说:"快到了吧?"

"快了。"意识到自己太冷淡,我又补充说,"还有两三站。"

"刚才那女的,"舅舅并没注意到我不想说话,"不穿底裤？"他快速看我一眼，眼角溢出一点狡黠的笑意，又说，"刚才那屁股撞了我一下。"我被这话逗乐了。舅舅也讪讪笑起来，神色快活。我知道他是想解释刚才为什么满脸通红，但我实在不知道该怎么接话。我不知道怎么跟自己的舅舅在这种情形下谈论女人，更不知如何讨论刚刚发生的一幕，便只好含含糊糊说："车上人太多，没事。"

好在公交车已经报站，我说我们准备下车吧，马上到了。舅舅不敢相信似的说："到了？还挺快的。挺快。"好像我们不是从海淀来，而是从老家来，所以预备了更长的行程。一下公交，便能看到辉光四射的天安门城楼，浮在不远处，它对面高高地耸立着人民英雄纪念碑。我指指天安门城楼，对舅舅说："看见没？那就是，天安门城楼，它对面是人民英雄纪念碑。"

舅舅已经在举目远眺了，他当然知道那是天安门城楼，也当然知道它对面是人民英雄纪念碑，但听我这么介绍，还是心悦诚服般做了回应，喃喃地说："看到了，看到了，天安门，人民英雄纪念碑。"又重复一遍，"天安门，人民英雄纪念碑。"

我感到一种隐秘的自豪感正源源不断从心中分泌出来，心情似乎也舒展了些。相比舅舅而言，天安门城楼和人民英雄纪念碑与我，有着更为亲近的关系。我于是又一次情不自禁说："雄伟吧？壮丽吧？"

"嗯，雄伟，壮丽。真是了不起。"舅舅不住点头。

驻足远眺一会儿之后，我带着舅舅继续往东走。到广场西路的拐角处，看得更清楚了，连天安门城楼上的毛主席画像都看得一清二楚。周围四散着不少人，都若有所思地瞻仰着，兴奋但控制着声量说几句感叹的话，都在拍照留念，都沉浸在幸福的茫茫夜色中，梦幻一般。"天安门的夜景，真是漂亮得很！真是名不虚传！"舅舅一再发自肺腑地赞叹着，语气十分热切。

"可惜是晚上，进不去，"我指指金水桥上的武警卫兵，"你看，有卫兵把守。白天的话，还可以从城门进去，那后面就是故宫。特别好。"

"不可惜，不可惜。能来一趟不容易了，"舅舅马上说，"你想想，有多少人一辈子连北京来都没来过？我都到天安门了，还有啥可惜的？"

"也是，"我理解舅舅的意思，"我给你好好照点相。"

"你给我把天安门城楼照全。"舅舅有点兴奋,"毛主席说不到长城非好汉,我们这些人,能到天安门也算好汉了。"他已经双手交叉着抱在胸前,摆好一个姿势,不断对我说,"你给我把天安门城楼照全,要都照进去。"

可我在取景框里看了又看,根本照不全。我说:"这里太近了,照不全,我先给你照几张,一会儿我们去对面的天安门广场上,在那里照。那里可以照全。"

在天安门城楼下的花坛和喷泉边照了几张后,我们继续往东走,准备穿过东面的地下通道,去天安门广场。舅舅停下来,喊住我:"松明,你等一下,看这个白柱子,你看上面的龙子,像活的一样,多威风。"他走过去,抓着华表的黑色围栏,兴奋地冲我说,"这个柱子你也给我照一下,一定要照上龙子。这真是好东西,一看就是好东西。"

"舅舅,那可不叫柱子,是华表,汉白玉的,非常珍贵。"

"那肯定。肯定珍贵。这地方还能有不珍贵的东西?

你给我照一下,把柱子照全,照上龙子。都照全。"他仰头端详了一下高耸在夜光中的华表,然后看着镜头,双手还像之前那样,自豪地抱在胸前。

"好,就这么站着,看我这里,"我喊道,"来,一、二、三。"

我们进了地下通道。通道里灯火明亮,游人来来往往,大多数兴高采烈,但还是有一些靠着通道壁坐在拉杆箱上,有些坐在游览地图或报纸上,看上去垂头丧气。舅舅眼角瞥瞥他们,问我:"像是迷了路?"我告诉他,是走累了,在休息,又补充说,"这里警察很多的,不会迷路。"

一出通道,舅舅说:"这里可以吗?你看能不能照全?"我看了一眼取景框,太偏了,让他往广场中间走走。走了七八米,舅舅又迫不及待似的停下来喊:"松明,我看这里差不多,你给我照照看。"他还像刚才那样,站在一排白色的金属围栏旁,双手交叉着抱在胸前,昂首挺胸,夜风吹拂着他的头发。我咔咔按下快门,一连拍了三四张。

照完后,舅舅走过来,轻快地对我说:"那我们,现在去参观人民英雄纪念碑?"于是,我们又绕着围栏,走到人民英雄纪念碑下,舅舅还是那样的姿势,那样的话,双手抱在胸前,不断叮嘱我给他照全景,不但景要全,人也要全——仿佛这样才能说明来天安门是百分之百的。

照完人民英雄纪念碑,舅舅点起一支烟,吸了几口,一边若有所思地看着广场上的游客,一边说:"总算来了天安门。总算来过了。你看看这人,这么多的人。"

"是啊,夜景最美,"我说,"白天就是能进故宫,但人山人海,景色也没夜里好。"

"这样就很好了,很好很好了。"

我们边说话边向广场西侧走去。到处都是拍照的人。一个黑瘦的老头提着一只蛇皮袋子,快速走动着,在捡人们扔在广场上的饮料瓶。我指指人民英雄纪念碑后方,说那是毛主席纪念堂。"啊,那就是毛主席纪念堂啊,你那相机还能照吗?"舅舅没想到毛主席纪念堂也在天安门广场上,又惊又喜,"能照的话,再给我来一张吧。"

在毛主席纪念堂前照完相后,我又带他到人民大会堂前,告诉他这是人民大会堂。舅舅看了又看,歪着头说:"一点不像啊,和书上看到的完全不像。"他像是在搜寻记忆,停顿一下,又说,"书上看着方方正正,这里就看见些大柱子。不过真是雄伟啊,高大,气派,有一句话怎么说来着,肃静?"

"肃穆吧?"我说,"我还进去过,里面很辉煌,也更肃穆。"

"对,肃穆,肃穆,真肃穆。"

这次照完相,我们到了广场西侧。舅舅说找地方坐坐,我们便在路边找个台阶坐下。他拿出一根烟叼在嘴里,打火机打了半天也不见火,最后看着我,咧嘴笑了笑,又把烟和打火机都装起来。在这里,依然能看到天安门和人民英雄纪念碑,辉煌的灯光使它们看上去像浮在空中,辉光四射,几乎要照亮整片夜空。夜风吹拂着,时值初夏,路边的槐树已经开花,散发着带点儿甜腻的浓烈腥味。

"北京真是个好地方,你要好好努力。"舅舅突然说,"好好学习,将来……"

"还有两年才毕业呢。"我截断了他的话。此前他提过我将来工作的事。

"将来毕业,能分到哪里,当什么官?"

"当啥官啊?现在都叫公务员,"我不想谈这个话题,更不想让舅舅觉得仿佛大学一毕业便会有一个官职等着我,于是十分生硬地说,"现在也不分配,无论什么工作,都要自己考。考的话,考上哪里算哪里。别的不知道,竞争反正激烈得很。几百人上千人争一个职位。"

"不管怎么说,还是当官好。当了官就什么都好。"舅舅似乎没听见我说话,固执地表达着他的观点,好像面前真的已经有一个官职等着我,只是我太不懂事,不肯屈就。

这时我手机嘟嘟响了两下,朱青梅发来一条短信,只有三个问号。我一下子心情舒展开来,像夜风吹散了暑气。舅舅不知什么时候点上了香烟,他吸一口烟,看看我发着绿光的诺基亚8250手机屏,没再说话。过了好一会儿,我才意识到舅舅说完话我没搭腔,便又心不在焉说:"当公务员是好。可太难太难了。不一定能考上。"

一阵沉默后,舅舅猛吸一口烟,将烟头弹到一棵槐树旁,火星儿乱溅,接着起身,看着我说:"我们回吧?"我坐在台阶上,仰头看他:"要不,我带你再看看国家大剧院?"

"不了,看过天安门就可以了,"舅舅语气寡淡,去意已决,"走吧,也不早了。"我想,鼓动了他半个晚上的兴奋劲儿,怎么忽然没了,像刚才那烟头上弹出来的火星儿,说没就没了。

我还没起身,他又说:"不管难不难,你还是要考上。走到你这一步不容易,千万千万要抓住机会。"那语气,像是在向我下达一个不容违抗的命令。我明白他的意思,所以我不在意,但我也没说什么。我手里一直攥着手机,在想怎么回复朱青梅那三个问号的短信。

夜晚人少车少,公交车开得飞快,不到十点半,我们就到了学校。下车后,舅舅说:"我们去喝杯啤酒?"学校对面有一家面馆,门口摆了好几套白色塑料桌椅,露天,不少人在那里喝啤酒、吃烤串。烧烤摊的青烟在灯光下雾一样缭绕着,老远就能看见。

"行,"我说,又补了一句,"不过也不早了。"

"几点了？"

"快十点半了。"

"那还早，"舅舅在前面，向小面馆走去，"喝点再回去。"

我们要了两杯扎啤，又要了一盘五香毛豆。舅舅端起酒杯，和我碰一下，喝了一大口，然后默然望着空茫的夜色。旁边的马路上不断有车辆飞驰而过，轰轰鸣响。我还在想什么时候回复朱青梅的短信，以及怎么回。毛豆端上来了，舅舅抓了几颗，自己吃起来，见我没动，冲我抬抬下巴，说："吃，这毛豆味道挺好。"

"吃，"我用筷子夹了一颗，"你吃。"

"还是要努力考，"舅舅又说起公务员的事，仿佛来喝酒就为说这个，"要考上。"

我不知道该怎么回应，端起杯子和他碰一下，仰头喝了一大口。咽下嘴里的酒，我说："是不是快醒了？"

"还早，"舅舅说得很不经意，似乎全不在乎孩子是否已醒，固执地接着说，"一定要考上，考上才能改变命运。"独自喝一口酒，继续说，"你看我，念个医科学校，开个小诊所，在老家算是比不少人强，可你不知道，这十多年来，有多累有多难啊。"

我端起酒杯和他碰了一下。手机又嘟嘟一响，是朱青梅的短信："你再不回我短信，我可生气了啊。"我将手机放在一边，顺手端起啤酒，轻快地再次和舅舅碰杯。朱青梅的短信，让我感到一种春暖花开般的快意。舅舅看看我那闪着绿光的手机屏，不再说话。我回了朱青梅的短信："陪我舅逛天安门，没看到。"马上收到了她的回复："哼！"

我把手机放在一旁，又端起酒杯和舅舅碰一下，"龙龙该醒了吧？"

"早呢，"舅舅隔着桌子看一眼我的手机，"喝完就回。"

"今天能睡这么久？平常不是九点多要醒？"

"今天加大了药量。"

"加大了药量？！"我的心突突跳起来。

"没事，多吃点儿，能多睡会儿。"

"啊？"我紧张起来，"吃了多少？"

"两倍，差不多有平时的两倍，"舅舅轻描淡写，又补充说，"没事。"

"那我们回吧。"我尽量不表现出自己的担心。这孩子已经折磨舅舅、舅妈七八年了,正像癫痫和脑瘫折磨他自己一样。舅舅来北京前,我告诉他在网上查了,这个病过了一定年龄,就算开颅治疗,也不见得有多少效果。舅舅在电话里说:"还是治吧,无论如何,治总还是要治一治的。"又说,"北京那么好的地方,还是有可能治好。"

"喝掉吧。"舅舅端起最后一点酒,一饮而尽。

我们起身离开时,舅舅又突袭一般说:"还有两年,你好好准备。"我想起那天下午在医院的情形,他拿着装了两千块钱的红包,对已明确拒绝他的那位医生紧追不舍,脸上始终挂着生涩又尴尬的微笑,"就一点心意,你一定收下。"直到医生最后收下。他大概信赖那种东西,仿佛只要他坚持,只要送出红包,孩子的手术就一定会成功。

到了校旅社的房间门口,我们停下来。门锁着,屋内听不到任何声响。我的心跳再次加快。舅舅掏出钥匙,刚要开门,又停下来对我说:"听着还没醒,你回去休息吧,跑了一天,也累了。"我看着他,一时不知如何是好。舅舅又说:"这旅店挺好,今天看来也没住其他人。你回去休息吧,明天再过来,我们坐坐。"

我脑子里冒出这样一个荒唐古怪的念头:舅舅会不会趁我走后,一个人连夜消失,留下服用过量药物的不省人事的龙龙?这时,里面传来一阵凶悍的呼噜声。舅舅终于打开门,靠门口的那个铺位上睡着一个黑胖的中年妇女,身体铺展在床上,浓密的头发盖在枕头上,只穿个灰色的高腰平角内裤和灰色胸衣。

舅舅看看那女人,又看看我,小声说:"昨晚就在这儿,"冲我笑笑,"东北的。说今天逛一下天安门就要回去,怎么又没走成?"

孩子像个荒诞的现代艺术品,依然被无数的白色带子绑着,头上套着白色弹力帽,下面垫着白纱布,肚子上盖着一块浅蓝色的旧枕巾,随呼吸微微起伏。舅舅走过去,坐在床沿上,伸手摸摸孩子的脸,抬头冲我神秘一笑,"还没醒,"又说,"你快回去休息吧。"

手机又响了,是朱青梅的短信,问我回学校没有。我迟疑一下,对舅舅说:"那我回去了,明天再过来。"出了果园旅社,站在门口一棵繁盛的海棠树下,我给朱青梅回了短信,告诉她我回来了,接着又发了一条:"吸引力大概是某种命定的东西。"发完短信,我心绪舒畅了许多,往宿舍走去。

校园的草地上,好几对情侣拥抱在一起。天穹中星星在闪烁,但那闪烁隐隐约约,好像并不存在。是这些遥远的星辰,在人间形成了某种神秘的吸引力吗?我正这么想着,又收到朱青梅的短信,她说:"天上的星辰,构成我们的命运。"源于某种共鸣的欣喜,瞬间沸腾了我的血液,仿佛一群白鸟,要展翅远飞。

一个月后,我接到舅舅电话,他开口就问:"松明啊,你给我在天安门照的相片怎么还没邮回来,不会是邮丢了吧?"我这才想到,舅舅那么看重的照片竟忘了邮寄。

第二天,我和朱青梅一起去租相机的打印店拿照片。总共三十多张,每张右下方都清晰地显示着白色的日期,2006.6.5,或,2006.6.6,然糟糕的是,仅有三四张是清晰的。舅舅不断叮嘱照全的那些天安门城楼照片,只有一张,他是睁着眼睛的——其余所有,包括华表前的、人民英雄纪念碑前的、毛主席纪念堂前的、人民大会堂前的，不是模糊就是闭了眼，或是一些龇牙咧嘴、翻白眼的奇怪表情，让人忍俊不禁。我怎样都想不通，照片怎么会拍成那样。

我们在一棵大雪松下的草地上一遍遍翻看这些照片，朱青梅笑得眼泪都出来了，笑完又一本正经说："搞笑摄影艺术家甘松明同志，真是人才啊，我看这些照片还是别寄给你舅了，免得他老人家受到惊吓。"

"他很看重这些照片。"我也刚刚笑完，可这时竟感到无比难过与沮丧。

"那寄这张吧，"朱青梅翻出了天安门照片中唯一没有闭眼睛的一张，"你看，天安门的夜风，像号角一样，鼓荡着你舅的衣裳。"

我看看朱青梅，又看看那张照片。确实，风不但吹动着舅舅的头发，灌满了他那宽松的淡紫色格子短袖衬衣，也灌满了他宽大的灰色裤子，像充了气，要飞起来。他双手交叉着抱在胸前，微微昂首，自豪而凝重地望着空茫的夜色。只是小腿以下的部分，尤其他特意洗过的黑皮鞋，都被排除在取景框以外了。舅舅一再强调要全景，要全身，结果却是这样。但我知道，看到这张照片，他还是会满意的，至少背景中的天安门是全的。

最终寄给舅舅的照片有三张，除这张天安门的，另两张都是在旅社中拍的。一张中，舅舅坐在床沿上，一只手搭在孩子肩上，冲镜头笑着；孩子呆呆地看着镜头，扭动着身子，他不愿有人把手搭在他肩上；照片左下角是那张旧桌子，桌角上摆着三片金黄的蜜瓜，好像桌上落了三片阳光。另一张中，孩子盘腿坐在床上，歪歪斜斜地仰头看向镜头，头上依然套着网兜似的弹力帽，下面是白纱布；隐匿在身体中的痛苦，使他眼神迷茫又呆滞，像充满疑惑，又像在微笑。

那是第二天，下着小雨，我买了几片哈密瓜去舅舅住的校园旅馆。胶卷没有拍完，我提议再给他们拍几张，舅舅竭力逗孩子，想让他笑一笑，但他怎样都不配合。照片拍完，孩子却歪着头，眉开眼笑起来。舅舅看看我，咧嘴笑笑，转向孩子："你个傻子，相都照完了，你笑什么？"又说，"唉，可就你这个样子，还来了一趟北京。"孩子笑着，嘴里含含糊糊地发出这样的声音："布——哇——"我问他在说什么，舅舅说："今儿高兴了,在叫爸。"

我看着孩子,仔细去听,他却不再发声,只是依然笑着,眼睛呆滞而朦胧,像含着泪水,而深深的酒窝,又使他羞怯而甜美——就那样似笑非笑地笑着,仿佛抓住了他父亲话中最珍贵的那层含义。

灰色怪兽

1

两天前上午十点,阳光明亮,清风凛冽,我第三次去东直门南小街找那位老中医,一位气质羞怯的干干瘦瘦的老先生。在一楼的诊疗室里,他一边用微颤的二指禅在键盘上小心翼翼敲处方,一边笑眯眯说:"确切地说,是胃在叫,不是肚子叫。"抬头看我一眼,又看一眼风声凛冽但阳光明亮的窗外,继续说,"别担心,吃几副药,注意保养,叫一阵子就不叫了。"母亲的电话就是那时候打来的。我纳闷怎么一大早来电话,到诊室外接起来,问出了什么事,母亲先说没事,可刚提起哥哥的名字便泣不成声。父亲在一旁埋怨母亲只知道哭，然后接过电话，说我哥闯祸给公安逮起来了，问我能不能抽空回趟家。

回到天通苑租住处，我便给父亲去电话，问他具体情况。父亲只知是因为和别人打架，具体过程全说不清楚。"公安给了地址，说是，"我听到他打开一张纸，"兰州市，新城区，天河派出所。"停一下，又把地址念一遍，"说是关在那里。"我心里琢磨着，大概会是什么情况，以及应该怎么办。"你在外面跑，认识人多，看能不能找找关系，活动活动。"我没说话。"那地方，一进去，人就坏了。"说完停下来，等我回应。一时没等到回应，父亲终于说："你看吧，太忙回不来的话，就……"声音里满是失望。我打断他："你和我妈别着急，我先打听一下。可能这几天回去一趟。"父亲又呼吸畅快起来，"好，那好，好好。"我迟疑，是因为意识到对这事，我几乎没什么把握。

怕是诈骗，我给兰州的老同学张宁打电话，让他帮忙跑一趟，查查虚实。张宁没接，半个小时后回电话。我大略说了情况，张宁用一贯的玩笑口吻说："洗脚呢，没空,你听,"故意发出猥琐的声音,"我挂了啊。"真挂了电话。我又打过去,他好半天才接,我劈头盖脸说:"遇到事情就躲,还是不是儿子娃娃?"张宁大笑起来,我听到汽车正在启动。一个多小时后,张宁来电话,确认了:甘飞明,男,三十二岁,关押于兰州市新城区天河拘留所;涉嫌非法拘禁。我心中一沉。

接下来的两天半里,我将老医生开的中药从一日两袋调到一日两袋半,想尽可能喝完。今天傍晚去火车站前还热了一袋喝,可即便如此,依然浪费了两天的量。上火车后,我给父亲打了电话,告诉他我已在火车上,明天先回家,再去兰州。父亲连说好好好,"我这就给你烧炕。"母亲在一旁要说什么,被父亲喝止了。实际上,即使母亲不出声,我也知道她在想什么,我太了解母亲急躁的性情了,她怕我回家可能延误时机。但事情没那么简单。张宁前天晚上又打电话,让我早回去一天,多了解点具体情况,调解时好说话。他帮忙联络拘留所,提前安排了调解,一月十七日,星期五。

车厢广播刚说了预备熄灯,那个足有两百斤重的内蒙古老头,突击似的拿出两个鼓囊囊的白色塑料袋。他要到兰州一处建筑工地做监工，朋友们昨天特意为他饯行。"讲义气吧？"他掂掂那两只袋子，对我们几个邻铺的人说，"知道我好这一口，给弄这么多，你看，还配了蒜，剥好的。"一袋清真羊肉，一袋剥好的大蒜。他刚说出"蒜"字，我便感到些不适。当他吸溜着嘴吃了几口羊肉和几瓣大蒜时，在那种夹杂着某种恶臭（这正是我自小不吃蒜的原因）的辛辣冲鼻的气味刺激下，我的胃开始泛酸了。像一个朋友说的那样，"为了不让这翻江倒海的胃酸腐蚀灵魂"，我赶紧起身，往车厢衔接处走，想着去那儿透透风，兴许会好受些。

两个男人在那儿抽烟。一个穿破洞牛仔裤的青年，两腿交叉，身子斜靠着卫生间的侧壁。一个黑瘦的秃顶中年，干脆半蹲半坐在过道上，屁股下面是一个破旧的草绿色帆布包。火车的咣当声在这里比别处更响。没人说一句话。一种说不太清的紧张感，在空气中无声地传导过来。到他们近前时，两人双双抬头看我。中年人眼神飘忽潦草，一掠而过。牛仔青年却极其警觉，眼神中透着一丝似是而非的威胁。他脖子上刺着一个藏青色文身，图案的大部分遮在黑色衬衣领下面，看不清是什么。我感到一阵不安。

我面向车门上黑黝黝的玻璃站着，看着窗外，能看到载着我的列车在黑暗的华北平原上飞驰。玻璃上除了自己的模糊黑影，就是身后那两人明灭的香烟火影，以及偶尔晃过的远方的灯火。这里能感到些微风，胃部的不适减弱了不少。十几分钟后，车厢熄灯，我又站了一会儿才返回，秃顶的中年人已经不见，牛仔青年还斜在那儿，仍保持着那个姿势，神情严肃，吸着烟。我经过时，他再次抬头看我，眼神中还是那种令人不安的冷漠，透着一丝警觉，又透着一丝挑衅。

在铺位隔间里，在大蒜、脚汗和泡面的混杂气味中，我爬上卧铺，想趁鼾声还没响起赶紧入睡。可胃又一次隐隐叫起来——像我身处荒野，被几匹足够耐心的饿狼包围着，又像一扇沉重的木门被推开，霉湿与幽暗似鬼魂般扑面而来，隆隆如雷。我想控制，哪怕只能在极其有限的程度上，我一会儿侧躺，一会儿仰卧，一会儿趴下，要么用手研磨胃部。但完全没用。折腾了半个多小时，我终于在烦躁不安中放弃了。

2

天气阴沉,大雾弥漫,背阴处的墙根下堆着一溜肮脏的积雪。

张宁打电话让我往火车站东广场走,说他打了个红领带,又说:"我看周围没有打红领带的,好找得很。"灰雾似雨如霜,肆无忌惮地弥漫着,至少十米之内才能看清人形。停车场里许多车打着双闪,但隐约打红领带的,还真只有一个。一看到我,张宁便一边解领带一边抱怨:"为了你老甘,我也真是憋屈,"随手把领带递给旁边一个身材饱满的女孩子,"这玩意儿绑在脖子上,跟上吊一样。"

我问他怎么想出打红领带接站的馊主意,张宁大笑起来:"那你不是很快就找到了?你看这雾霾严重的,不想点特殊方法哪行。你不知道吧,"他指指红领带,"这可是川普红,专卖店高端货,专配成功人士。"我笑说行了行了,开眼界了。张宁转头看身边的女孩一眼,说:"还是小兰的意思,一定要我打起来,说看看我成功人士的气质。"听张宁说到她,那女孩微微颔首,向我打招呼,竟然说:"甘局长好!"

我奇怪她怎么叫我甘局长,看向张宁,这家伙马上油嘴滑舌说:"甘局长辛苦了。"又对女孩说,"小兰,你先把车启动了,一会儿看看甘局长坐哪部。"说完神秘地向我挤挤眼。女孩儿去旁边发动了一台黑色奥迪A5。张宁身后是一台酒红色的宝马X7。我看看张宁,心想这家伙才卖了几年房子,竟然这么财大气粗。张宁说:"老甘,是这,反正雾大,路上也不好走,一会儿我们去洗脚放松下,然后吃个饭,等雾散了奥迪你开走,我就不陪你回去了。"

为我备车的事,张宁事先一点儿没说,我明白他真心诚意,但还是推辞了。"老甘,你怎么还是这样?"张宁顿一下,声音变得低沉,"我跟你说吧,你要是还拿我当兄弟,就不要叽叽歪歪了。"我知道张宁的脾气,便说:"那这样吧,你这豪车就算了,家里摊上这样的破事,本来也不富裕,开个奥迪回去算什么意思?我租个车回去吧。"

张宁高兴起来,说还是我考虑周到,转身又吩咐那女孩,让她找人把公司的别克开过来,又让她先回。我们上了那台宝马,混响音箱正从车内的四面八方飘出腾格尔那一惊一乍的歌声,"奔驰的骏马,洁白的羊群",音质很好,空气经过牙缝的摩擦声都听得真切。车内装饰豪华舒适,仪表台上摆着一尊不停转动的弥勒佛,金光闪闪,仿佛这样快活地转着,便可普度众生。内后视镜上挂着亮晶晶的四代领袖像,下面垂着红流苏。见我在看领袖像,张宁神神秘秘说:"别小看这几块东西,真能驱邪。"

那女孩开着奥迪出了车位,降下前窗向我们这边挥挥手,开走了。我问张宁,乐乐和康康是不是在上学。张宁看我一眼,一脸疑惑说:"今天星期四嘛,不上学干啥?"我问:"上下学谁接送?刚才那女孩?"张宁笑起来:"老甘啊老甘,你放宽心,小兰也就是带着玩一玩,不会影响家庭。我估计,这些事曹海燕都知道。无所谓,我挣那么多钱都归她管,她才懒得在乎这些事。男人嘛,不就这些烂毬事?"

十几分钟后,大雾有了要散开的意思,云层后面甚至透出一点若有若无的暖光。张宁几次提议带我去火车站对面洗脚休息,我都拒绝了。我们又闲扯了些同学往事,没多久,一个帅气的小伙子开来一辆酒红色的别克,停在张宁的宝马旁。我和张宁告别,驾车离开。出城时,太阳出来了,只是像漂浮在灰色海水中的一个惨白的塑料球,毛茸茸的。

雾霾还是太重,车虽不多,也开不快。但一路还算顺利。进入县道时,稀稀拉拉飘起了雪。雪不算大,路两边的冬麦田还一片黯淡的墨绿色,只是地埂下不时地积起一些蓬松的小雪堆。进入乡道时,雪大了起来,路旁的老树、房子、麦草垛,都盖上了一层灰暗的白色,另一边的沟壑则完全在一派涌动的苍茫中。雪片在风中回旋,飞蛾扑火般覆下来,吸在挡风玻璃上,黑色的雨刮器咕咕地刮着,刚刮掉一层,又一层已经积起。我心中不安,生怕一夜之后大雪封路。

很快就看到父亲和母亲在院子前的村路上张望。待到近前时,我放慢车速,他们伸着脖子,往车里望。父亲还穿着那件黑色呢子大衣,母亲还穿着那件酒红色羽绒服,哲哲则穿着一身亮丽的黄色羽绒服,身上落着雪。我轻轻摁了一下喇叭。父亲明白是我,赶紧张开胳膊,将母亲和哲哲拢到一边,给车子让路。场院的麦草垛旁边,几只灰扑扑的老母鸡顶着一头雪觅食,惊得扇着翅膀大叫起来。

"叔叔,你回来啦!"刚开车门,哲哲就跑过来打招呼。我这才想起走得太匆忙,忘了给孩子带个礼物,只好掸掸他头上的雪,说:"快回屋吧,雪这么大,都成白头翁了。"孩子牵着我的手,高兴地说:"三个白头翁,爷爷,奶奶和我。只有叔叔不是白头翁。"小手热乎乎的。我从车里拿出双肩背,母亲一伸手,接了过去。

我和哲哲进了院子,父亲和母亲还落在后面,回头打量那台别克车。房间里烧了炕,又生着炉子,暖烘烘的。炉子上坐着一只不锈钢水壶,水已沸腾,唰唰地从壶嘴中溢出来,一落到火炉上,噗一声,瞬间变成一股白烟。白烟消失后,留下一丝不易觉察的苦涩气息,在房间里细细流散。火炉的锌皮烟囱管通往屋外,但接缝处还是时不时弥散出一点极淡的煤烟气味。两种气味隐秘地混合着。

"叔叔,给你吃个苹果。"哲哲不知从哪里拿来一个透亮的富士苹果。

"谢谢哲哲,"我接过来,顺口说,"叔叔这次回来太匆忙,忘了给你带礼物。明天要去兰州,到时候给你买。告诉叔叔,你想要什么?"

"我想要个黑色的靴子,"孩子想了想,又说,"要不还是小猪佩奇书包吧?"

"哲哲,爷爷不是刚刚给你买了新书包,怎么还要?"父亲和母亲进了门。

"爷爷,不是我自己要的,"哲哲说,"叔叔说他太匆忙,让我说要什么,礼物。"他看了看我,又说,"真的是叔叔让我说的,不是我自己要的。"

"明天去兰州,给你买个小猪佩奇。"我拿过一只小凳,在火炉边坐下。

"明天去?"母亲问。

"明天去。定了时间,明天下午调解。"

"那家人来吗?"

"来,就是和他们调解。如果他们不坚持追究法律责任,就没啥事。"

"那好,那好。"父亲说,"咱们给人家服个软,道个歉。"

"那是肯定的。"顿了一下,我还是加了一句,"估计要赔些钱。"

"赔钱?"母亲说,"得赔多少?"

"要和他们商量。"

"两三万差不多吧?"母亲问。

"我估计,"父亲说,"没有个五六万下不来。"他叹了一口气,又说,"现在这社会,两三万够干个啥。"

"希望能谈成。"我说。

"尽着五六万、六七万去谈吧,"父亲语调深沉,像是经过深思熟虑才作出了这个决定,"就当那不争气的东西花一年的收入,买了个教训。"

我本不想再说什么,但犹豫一会儿还是开口了:"希望可以谈得拢吧。只怕有些人油盐不进。如果死闭着嘴巴不吐核儿,一定要整人,那就谁都没办法了。"我不确定六七万能不能拿下这件事,同时也怕父母太乐观。

"那可怎么办?"母亲声音急切。父亲抬头看母亲一眼,示意她听我慢慢说完,但母亲没有停下,紧跟着又问了一句,"要真是那样,可怎么办?"

"要是那样，就不好办了。现在正是扫黑除恶的严打阶段。"

出乎我意料的是，一听这话，母亲快速抬起胳膊，用手背擦了一下眼睛，可眼泪还是流出了眼眶。父亲端着他装了足有半杯茶叶的积满茶垢的玻璃杯，微微歪过头，盯着母亲，生气地说："别哭哭啼啼了，"一顿，陡然提高声音，"哭哭哭，成天知道哭，哭有啥用？你知道松明回来这一趟，肩上担着多重的担子？怎么就不会为人想呢？你这几滴眼泪都是负担，你知道吗？"

"爸，没事，"我赶紧劝说，"我只是这么一说。我们要做以防万一的准备，"又转向母亲，"妈你也别着急，结果会怎样，现在谁都说不准。我们尽量谈。"

母亲无声地擦掉眼泪，被父亲支了出去。"松明一大早下火车，估计还没吃饭，你赶快给做点饭去。"哲哲本来在一旁神情凝重地听着，母亲一走，他也跟了出去。父亲起身倒了一杯茶，递给我，又指指我手里的苹果，"后院那苹果树上的，你尝尝。"说完出了房间。我吃了几口苹果，父亲拿着两个冷馒头进来，打开火炉下的烤箱，小心翼翼放进去。

"味道怎么样?"父亲问。

"挺好的。"

"箱子里还有,就是留给你和哲哲吃的。"

"我嫂子今年回来了吗?"

"唉,七八天前回来,拿走了衣服,萌萌也带走了,说去娘家。"

"在娘家待一阵子也挺好。"

"你不知道,"父亲抬起右手,扶在额头上,"我怕是不成了,你哥这婚事。"

"就因为出了这个事?"

"应该还有别的事情。今年春季就闹过一次,闹得很凶。"

"啥原因?"

"败家子,喝醉了酒,骂人家,可能还推搡了两下。"

"这次的事,我嫂子知不知道?"

"咱不清楚,"顿了一下,父亲犹疑着说,"我估计是知道的。毕竟两个人都在兰州。咱没接到公安电话之前,人家也没说过。公安说的是,老早就联系过家人了。不联系她联系谁？所以我推测，这婚事怕是难保了。"

"到底怎么回事？"

"昨天村里有在兰州打工的几个娃娃回来，我特意去打听了一下。说是……"父亲俯下身，打开火炉下的烤箱，翻了翻馒头，"说是你嫂子上班的电子厂里，有个兰州郊县的青年娃娃，怎么和你嫂子走得近，就因为这事，把人家打了一顿。"

"单是这样的话，也不理亏。"

"打了人家，听说回到租来的房子里，又和媳妇闹腾。这事都过去了，有一天看到媳妇和那娃娃聊微信，当场把媳妇打了一顿。听说邻居报了警，警车一会儿就来了，把人抓走了，关了一两天，批评教育一番，也就放了。"

"那后来，又怎么回事？"

"派出所放出来后，又带几个狐朋狗友，跟踪那个小伙子。一天晚上，把人家抓住，带回一个河北小伙子租的农民房里。"父亲停了一下，递给我一个烤得金黄的馒头，"烤好了，你尝尝。"他又提醒，"小心烫。"

"房东报警了?"我接过烤馒头,焦黄的香味直往鼻子里钻。

"没有的。那房子孤零零的,正好在人家院子外面,租出去就等于没人管了。说也没怎么样,就是恐吓威胁,饿着,我估计,多少也抽了几个耳刮子。关在那里有十几天。"

哲哲跑进来,喊道:"爷爷,奶奶让你回去端饭。"

"关了有十几天,"父亲看了一眼哲哲,没理他,继续说,"后来那个娃娃告饶了,那个兰州的娃娃,还发了毒誓,也就放了。"

"爷爷,谁发了毒誓?"哲哲问。

"放了呢,"父亲还是没理哲哲,继续说,"没过几天,警察就来了,那些个狐朋狗友,连窝端。别人抓去两天就放了。人家不追究,就咬住他不放。"

"爷爷,端饭啦,"哲哲生气地喊道,"你听到没有啊?"

"听到了,爷爷在和叔叔说话呢。"父亲抚了一下哲哲的头,又转身对我说,"这壶里有热水,你洗洗手吧,我去端饭。"父亲出门后,我往盆里倒了热水洗手,哲哲在一旁问我在说谁，谁发了毒誓。我说是一个陌生人。

"那爷爷是怎么知道的呢？"

"爷爷听别人说的。"

"他为什么要发毒誓啊？"

"他要逃避惩罚，所以发毒誓，欺骗别人。"

"他成功了吗？"

"后来的事就不知道了。"

"为什么不知道了？"

"还没有发生。"

"那要什么时候发生？"

我不知该怎么回答，父亲就进屋来了。圆形的洋瓷盘里端了炒菜和馒头，一碟炒土豆丝，一碟菠菜豆腐，一碟芹菜炒肉，还有一碟腌萝卜，五个热气腾腾的馒头，三双很旧了的红漆筷子。"哲哲，赶紧，"父亲一进门便说，"赶紧打开烤箱，里面还有个馒头没拿出来，烤焦了。"

哲哲打开烤箱，抓出一个烤馒头，"呀，烫死了，"手一抖，馒头掉在地上，一股焦糊味儿。他夸张地跳着脚，又是左手搓着右手尖，又是往手上吹气，毛手毛脚的样子。

父亲将洋瓷盘放在茶几上，弯腰捡起地上那个有点焦了的馒头，一边在两只手中腾换，一边问哲哲是不是烫着了。"可烫死了，多亏我这金刚大力手啊，要不然麻烦了。"哲哲依然夸张地搓着手，说着不知从哪个动画片里学来的新词汇。父亲被他逗笑，问他哪里学来的怪话。

我去厨屋端米汤。母亲站在灶台边擦碗，见我进来，赶紧做出不经意的样子，用手背抹一下眼睛，对我讪讪一笑，说："厨屋太冷，你去房里吃吧，米汤我端过来。"语气里还是那种一贯的生疏的客气，仿佛我不是她儿子。但这些，我一直都理解的，毕竟几乎从初中起我便在某种程度上离开了这个家，在过去的十几年时光中，这距离悄然转化成了心与心之间的距离。我说也不冷，母亲没再说什么，默默舀了两碗米汤递给我。

灶台侧上方原来贴平安符的地方，换上了一个鞋子大小的木制十字架，表面有些黑黢黢。我这才意识到，我刚下车时，母亲用手又点额头又点胸口，原来是在划十字。母亲见我在看那个十字架，流水般自然而然地小声说："主耶稣啊，求您老人家保佑我们全家平安喜乐。"我小吃了一惊，心想母亲这样一个农村妇女，在十字架前，说起话来竟也如此文绉绉的。母亲大概看出了我的心思，像要展示她的信仰，接着说："信仰主耶稣，你就是这个世界上最富有的人，你就是最幸福的人，你就能得平安喜乐。"只是句子一长，就说得生涩了，如同小学生在背还没记熟的课文。

"这十字架哪里来的？"我随口问。

"你红梅姑姑送来的，"母亲像一下子沉入了福音的春风，一脸虔诚与欣慰，"她是我们大队的传道长，为周边的百姓们送福音。她信了好几年了，现在家里越来越好。"我说那挺好的，说完端着米汤去房里吃饭。话虽简单，却是真心为母亲高兴。

到家后雪就小多了，但始终在屋外下着，白茫茫一片。父亲失神般看着窗外，说幸亏雪小了，要不然明天路上就不好走了。母亲在胸前划了个十字，微闭双眼，小声说："主耶稣啊，求求你别下了，求求你保佑我们。"父亲一脸嫌弃，但只看了看她，没作声。

由于昨晚火车上没睡好，饭后睡意昏沉，我去自己房里睡了一觉，没想到睡了一下午，直到被一阵尖利的鸡叫声惊醒。其时天已黑透。父亲和母亲房里亮着灯，但炕上只躺着睡熟的哲哲。我又去厨屋，父亲和母亲正在灶台边昏黄的光亮中，给一只已经光秃秃的公鸡褪毛，有些发白的硕大的暗红色鸡冠耷拉着，颠来倒去。我进屋时，父亲抬头看了一眼，说："这死鸡，刚才一刀没杀死，大叫起来，差点跑了，又挨一刀才死绝。"

母亲依然保持着那种客气，抬头冲我微微一笑，继续烫鸡毛，一会儿像记起什么似的说："杀了两只。一只我们吃，一只明天你去的时候带上，送给人家。"

"带只鸡？都啥年代了？"

"是我跟你妈说的，"父亲说，"带去给你朋友吃，咱自家粮食喂养的土鸡，肉结实，味道香。城里不容易买到真正的土鸡。"

"可以是可以，"我跟父亲提过张宁帮忙的事，"人家是大老板，好吃的多着呢，啥山珍海味没吃过，也不稀罕咱一只鸡。"

"你看你，"父亲有点不悦起来，停下手里的活，盯着我,"一只鸡怎么了?一只鸡也是咱一片心意。朋友再好,人家帮了忙,谢意还是要表示的。"

父亲当然有道理,我没再说什么,默认了他自作主张的送鸡安排。待母亲将鸡下锅后,我们都去了他们房里。哲哲睡在炕中间,三个大人围着他坐成一圈。母亲一副目光不知该放在哪里的样子,盯着盖在腿上的粉蓝色旧被子,冒出这样一句话:"不知道上辈子造了什么孽。"父亲转过头,不屑地乜了她一眼。

母亲没理会父亲,依然保持那个姿势,继续说:"你嫂子七八天前回家来,收拾行李说要回娘家,我就感觉不对劲,问她怎么了。一开始啥都不肯说,临走那天后响,你爸出门了,才跟我说你爸和我帮她拉扯两个娃娃,辛苦了。说着说着就……"抬手抹了一把眼睛,但眼泪还是掉下来,话语消散在静默中。屋子里安静得一点声响都没有。哲哲翻了个身,红扑扑的脸转向母亲,睁了一下眼睛,但没醒,又闭眼睡了。母亲再次抬起胳膊,擦了眼泪,恢复了情绪,继续说:"说着说着,就掉眼泪。我问到底出了啥事,问了好几次,才说飞明在外面有人,说是个理发的。说经常怀疑她在外面有人，每次出车回来就吵架，打她，过不下去了。"顿了一下，"我，我都没敢跟你爸说。"母亲停下来，屋内所有空间再次被静默占据。

我和父亲没说什么。母亲找出一块手帕，又擦擦眼睛，擦擦鼻子，接着说："那时候我就想，叫你哥好好给人家赔个不是，改邪归正，好好过日子，还有希望。可电话天天打，天天打，一次都没有打通过，直到后来，公安打来电话，才知道出事了。"

"他媳妇早就知道了。"父亲说。

"她早就知道。"母亲不假思索说，语气里有某种斩钉截铁的东西，分辨不清只是一个陈述，还是多少也带着些谴责——昨天之前，她对她，更多的还是同情。

"算了，事情已经这样了，就想办法解决。"从父亲的语气中，我听出了比下午更多的乐观，似乎不仅哥哥身陷囹圄之事，连他裂隙深长的婚姻，也会得到挽救。我不知道他这么说是真觉得乐观，还是仅仅为了安慰心烦意乱的母亲。

"你去取个苹果吧，松明爱吃。"父亲说。

我推辞说晚上不吃了，可母亲还是下了炕，从放电视机的那张黑色方桌下一个装过蒸蛋糕的纸箱子里，拿出两个小碗大的苹果。灯光有点昏暗，但苹果依然色泽透亮。母亲往盆里倒了水，洗了好几遍，拿过来，大点的递给我，小点的递给父亲。

我对自己的胃始终不放心，像不自信一样，说吃不了了，可终究经不起苹果的诱惑，还是接过来吃起来。那冰凉脆爽的香甜，像最难忘的记忆，悠远而富有穿透力。然而，当咬下第三口时，明显感到腹部已隐隐腾起一团恶气，贴着肚皮翻滚。我赶紧拉拉被子，想盖住肚子，但为时已晚，紧接着，胃咕咕咕叫起来。

父亲和母亲都停下来，看着我。父亲问是不是胃不舒服，我说没事，可能吃了凉东西，略微有点胀。"这么严重？就吃了一口苹果？"父亲不敢相信这是他还不到三十岁的小儿子的胃，"还不到三十，"又转向母亲，"我吃的那个斯达舒在哪里？"

"不用找，暖一暖就好了。"

"去找吧，就是消化不好。"

"别找了，"我竟然脱口说，"我在吃中药。"说完才意识到问题，但已无法收回。那位干巴巴的老先生确实叮嘱过，服用中药期间，别乱吃西药。父亲和母亲都愣在那里，像我漏嘴说出了一个噩耗。两三秒钟后，父亲不安地看着我，"胃病？"我说胃最近不太舒服，找中医调理了一下。父亲问："啥时候的事？怎么会这么严重？"

父亲当然知道，若不严重我是不会去看医生的，但他这个问题让我十分诧异。某种模糊的印象告诉我，父亲应该很清楚这是什么时候的事——但他不知道，他甚至忘了我有胃病这回事。我感到内心泛起一阵酸涩的雾障，像某种怪兽极其稀薄的冷漠一瞥，很轻微，但依然让人不寒而栗。

我抬头看看父亲，又看看母亲，他们认真又惊讶地看着我，在等待一个答案。从这认真又惊讶的神情中，显然能感受到他们的某种惊慌，像是他们在为自己小心翼翼却没能保护我而感到愧疚。我明白，无论如何，他们不希望我受到任何伤害。这样想着，心中那点儿酸涩又渐次退去，如同添了油，快要熄灭的灯亮起来，黑暗便随之退去。

我说问题不大，睡一觉暖一暖就好了，说着下了炕，去了自己房间。大约半小时后，父亲和母亲双双来我房间，问我好些了没有。我说炕上暖和，已经没事了。他们将信将疑转身出门，到门口又折回来，伸手摸摸炕，确定炕够热，才再次离开。我听见母亲去了厨房，她去打理煮好的鸡肉，父亲在房里倒水洗脚，封火炉，约二十来分钟后，灯熄掉了。我也熄了灯。

院子在黑暗中寂然无声。

3

黑暗中，父亲和母亲眼里那种认真又惊讶的神情依然清晰，借此我似乎能看见数十年来沉淀在他们心底的苦涩，像河滩上积淀的泥沙，厚厚一层，而刚才那眼神中的，也将积淀下来，成为其中的一部分。这让我为自己刚才的那种反应，感到些难过与歉疚：这么多年了，谁又能记得那么一点小事。

上高三时，我曾为给自己"减负"，在冬天的一个周末烧掉了六本日记中的五本。父亲和母亲那天去了外婆家，晚上没回来，哥哥打工已经回家，被几个朋友喊去打麻将。一个独处的时间，适合写日记，更适合销毁日记。可第五本还没有烧完，哥哥回来了。日记本那彩色塑料封皮上的明星已被烧掉了半个身体。哥哥看看日记上滋滋作响的蓝色火焰，又看看我，问我好好的日记，干吗烧掉。说着拿起煤钳，从火炉中夹起还没烧透的一叠，点燃一支白沙烟，又侧着头看了看红色火烬中的字行，然后再丢进炉子里。

"背着太重，烧了干净。"

"放家不成了，干吗背着？"眼神中是他一贯的直率。

"放家里不好。"我心里憋着一股气。

"咋不好了？放家里还不好？"在他看来，事情永远那么明了。

哥哥初三复读一年依然没考上高中，就外出打工了，我上高一时，他已打工两年。一年给我写好几封信，一开始是勉励我好好读书，"外面的天地很广阔，但要飞得高，知识是必须的。"又说，"多读书，将来才能光宗耀祖。"也后悔自己没好好读书，"没读书，在哪里都低人一等。"后来干脆没头没脑说，"流浪的脚步走遍天涯，没有一个家，冬天的风啊夹着雪花，把我的泪吹下。"又说，"离家的孩子夜里又难眠，想起了远方的爹娘泪流满面。"

在那些信中，我们从来没有具体地谈论过自己的生活，仿佛我们没有生活，只有一些经不住推敲的流行歌词。然即便这样不知如何是好的信，后来也没有了，像一件事终于被证明是幼稚无效，然后取消掉。实际上，由于课业繁忙，哥哥所写又多是一些干巴巴的鼓励之词，我的回信常常只有来信的一半。他大概感到了其中的不对等，也意识到，写信并不能真的成为生活的一部分，甚至还不如哼唱几句流行歌。

那年腊月，哥哥买了一台银黑相间的录音机回家，带着一大包磁带，几乎整个冬天都在歌声中度过。当院子里每天都响起音乐时，我才明白，他信中写的原来是《流浪歌》，是《离家的孩子》，是《铁窗泪》。没放寒假前，他有一次替父亲来高中给我送干粮，掏出一张五十元的钞票，伸在我面前。我感到惊讶，不知道该不该接。他手又往前一伸，"拿着吧，"爽快又潇洒，"别舍不得花，钱不就是用来花的？"又说，"有点儿风度。"这个数额是我当时一礼拜零花钱的十倍。我后来明白，他要给我的不仅仅是巨额的零花钱,更是一种潇洒风度,那种风度里存在着另一个他——至少是他希望成为的那一个。

"家嘛,"见我没说话,哥哥吸一口烟,"家嘛,不就是存放带不走的东西的地方?你想啊,如果东西都随身带着,那还要个家干什么?"

"家里如果不安全呢?"

"不安全?"哥哥不再抽烟,盯着我,然后又笑,"家里怎么会不安全?"

"你忘了?"我本不想提这事。

"忘了什么?"

"小学时候的事。"

"啥事?真不知道了。"

"算了,不说了。也没啥事。"

"弟,你看你,"他严厉地看着我,"我们弟兄有啥说啥,怎么变得娘儿们唧唧的。"语气又缓和了一点,"我们亲弟兄,有啥话不能说?"

"也没啥事,就是你偷看我日记,惹得爸打了我一顿。"

"真的?"他笑起来,"有过这事?"

"那时你六年级,我三年级。"

"哎呀,哎呀,"他莫名地兴奋起来,又似乎有点不好意思,"完全忘了,完全忘了。"但又说,"日记嘛,看看也没关系。如果不给人看,又干吗写它呢,是不是?"

我看着哥哥,一时竟说不出话来,因为他的话我无法反驳。我确实只知道日记是隐私,并没有想过"如果不给人看,又干吗写它"这个问题。我感到些憋闷,感到些难受:哥哥的话很轻易刺穿了我一直信赖的盔甲,而我只能眼睁睁看着它被刺破,却无力抵挡。

那年放寒假前,村校通知家长,正月要翻修校舍,号召大家出钱出力。这样的事,家长没理由拒绝。所以有钱的出十几二十块钱,没钱的贡献一两根椽。父亲为此愁了好几天,因为家穷,既拿不出钱,也没有可贡献的椽。一天傍晚,父亲让哥哥和我早点睡觉,说他和母亲要翻沟去二姨家一趟,当晚就回来。十一点多时,哥哥已经睡着,我听到院子里有响动,便出门去看——看到父亲和母亲正在把两根椽放在后院。见到我,父亲严厉地说："怎么还没睡？"又问，"你哥呢？"

"睡着了。"我说，"你们在哪里砍的树？"

"在沟里伐的，"母亲说，"赶紧去睡吧，放着风干几天，开学就可以交了。"

"你别管，去睡觉。"父亲眦着母亲，怪她多嘴。

第二天我在后院看到那根椽，洋槐木，树干斫断处，还散发着一股新鲜的腥味儿。它们躺在那儿，像两个活生生的证据，证明着父亲和母亲不可忽视的道德缺陷。怎能偷公家的东西？我思来想去，最后将自己的怀疑写在了日记本上：父亲偷了公家的树，这样对吗？不对，也不应该。但家里没钱，也没树，不偷来一棵树，翻修校舍的差事怎么办？

那年初秋的一天中午，我和哥哥回家吃午饭。已记不清是什么原因，让我们一到家便彼此怄气，明争暗斗。母亲端来一大碗刚煮的新土豆，小拳头一般大，长得并不好，皮上的褐色斑点有些深。其中一个是紫红色的，比别的都大些。我高兴地说我要吃这个红土豆，没想到伸出去的手被哥哥挡住了，他说他先看到的。父亲不经意般说红皮土豆最涩，一点不好吃。我和哥哥当然都知道父亲说得没错,但没人愿意让步。

"飞明,你不要再争了,给松明吃!"父亲生气了。

"为什么?"哥哥马上反驳,"他小他就有理吗?"

"松明先说的。"父亲说。

"我先看到的,"哥哥自小喜欢争辩,"我只是还……"

"闭嘴!"父亲不耐烦地喊起来,"要吃就好好吃,不吃滚蛋!"

哥哥一下子愣在那儿了,一时有点不知所措,他大概没想到这样一句争辩会触怒父亲。而这时候,红皮土豆我已经在剥皮了。他先看了看我手里的土豆,再看看皱着眉头的父亲,又看看我,然后出乎所有人意料地,说出下面的话:"他就是个叛徒,他写日记说你偷了公家的树!"我呆住了,一口发涩的土豆还含在嘴里。他似乎也没想到自己会说出这样的话,加上刚才的激愤还没从脸上消退,显得十分不自在。父亲的目光已经移到我身上,仿佛知道了自己被出卖的消息,一时难以置信。

我嘴唇微微颤抖起来,不知该说些什么。而这显然已能说明问题。父亲默默收回愤怒的目光，继续吃饭，不再说一句话。我看向灶台，正坐在那里吃饭的母亲紧张地看了我一眼。而这时候，哥哥已经很自在了，不但自在，甚至有点幸灾乐祸，得意洋洋地看着我。他坐实了我这个看上去老实巴交的"叛徒"。

"我，我，"我嘴里含着那口土豆，还是觉得应该说点什么，可又一次结结巴巴起来，"我没有。老师说，老师说不能。我，我只是……"

"别狡辩了，叛徒，"哥哥永远可以顺畅地表达自己，"你就是写了。"

"别吵了，都给我吃饭！"父亲用筷子重重地敲了一下洋瓷盘。

"他就是写了，他说你偷了公家的树！"

"我，"我嘴里的土豆还没咽下去，"我，你……"

哥哥忽然转身跑出了厨屋，而紧接着，父亲的巴掌就落在了我的脖颈上。半只巴掌打在脖颈上，半只巴掌扇在耳朵上，那么突然，带着风。麻酥酥的，耳朵灼热，一阵喧嚣的耳鸣之后，脖颈也跟着灼热起来。我抬头看着父亲，他眼里充满愤怒，但那愤怒又在躲闪。见我看他，父亲又一次收回目光，颤抖着手，端起米汤碗，吼吼喝起来。

我盯了父亲一两秒钟，内心终于燃起怒火，像怒吼的海浪，几乎要把我凌空抛起来。母亲赶紧过来，一边抚摸我的脖子，一边责怪父亲："你说你，这是干啥？"母亲知道我一直都是被冤枉却没有机会辩驳的那个。我只有让自己不激动，才能比较流畅地说话，可哥哥在任何情况下都那么流畅。泪珠从我眼里滑出，顺着脸颊滚落。我胳膊一摆，打掉母亲的手，冲出厨屋，手里拿着那个咬了一口的红皮土豆。出了院子，我抬起胳膊，用袖子擦干眼泪，然后紧绷着身体，努力不让眼泪再流出来。

外面风很大，好在前一天刚下过一场小雨，刮不起沙尘。我一边快步走路，一边解恨般吃掉了那只已经凉透的红皮土豆，早早到校，趴在课桌上睡觉，眼泪湿透了袖子。下午只上了一节课，胃里便像长了几个铁疙瘩，疼痛难忍。我双手捂着腹部，眼泪簌簌落下。语文老师送我回的家，离开时对父亲说："快带去乡上看看吧，娃疼得直掉眼泪。"母亲烧热了炕，我躺上去，快到晚上时，终于缓过来，腹部的铁疙瘩融化了。但那之后，我的胃总隔三差五出问题，有时候正吃着饭也会毫无预兆地疼起来，疼得落泪。

母亲坐在炕头上，说："你爸本来要打飞明，他跑了，一时着急，才打了你。"又说，"我和你爸都知道，你哥乱说，冤枉你。"我没说话，但心里清楚，哥哥并没有说谎。

晚上哥哥回来，父亲将他挡在院子里，一边抽打，一边反复说："我让你搬弄是非！我让你搬弄是非！"哥哥一遍遍大声回答："我没有，他就是写了！我没有，他就是写了！"然后嚎啕大哭。母亲劝说无效，最后冲上去抱住父亲。哥哥继续喊："你来打呀，你再来打呀，你恨我，你打死我算了！"喊完之后，是无休止的哭泣，后来进入房间，还哭了好久。不知什么时候睡的觉。

我自己也不知什么时候睡着的，醒来时天已大亮。哲哲站在炕边，说："叔叔，你怎么这么懒啊，现在都七点多了。"我这才恍然意识到，事情已过去二十年。我一边穿衣服，一边对孩子说："叔叔昨天太累了，多睡了会儿。"

"你看我这个宝贝,"他一手撕着自己的羽绒服,"爷爷在箱子里发现的。"黄色的羽绒服胸前别着一个圆圆的东西,我看不清,戴上眼镜,又招呼他站近些。孩子高兴地跑过来,我这才看清,竟是一枚毛主席像章:比普通的矿泉水瓶盖大一圈,银色的窄边,亮晶晶的红底子,下部是波涛汹涌的银色大海,大海中有船,远方有仙山,毛主席侧脸头像跃在大海上空,像一颗银太阳。我看着哲哲,问他哪里找到的。

"在我爸爸的箱子里,"孩子说,"爷爷说要给我找个玩具,没想到找着一个宝贝。爷爷说这个很宝贵很宝贵,让我千万千万不要弄丢。"

母亲进到我房间,看着孩子说:"哲哲,跟你说了不要吵醒叔叔,你怎么忘了。"

"我没有吵醒叔叔,是叔叔睡醒了,我才和他说话的。"

"能说会道,"母亲笑着看看哲哲,又看我一眼,"跟他爸爸一模一样。"然后对我说,"鸡肉我装好了。"我明白母亲的意思,应了一声,她出去了,哲哲也跟了出去。母亲说得没错,在说话上,哲哲确实遗传了他爸爸的优点，口齿伶俐，敏捷好辩。

我猛然想起，二十多年前那天中午，一放学哥哥就问我更喜欢连环画还是毛主席像章。我们每人有一只毛主席像章和一本连环画。我说喜欢连环画，哥哥便说那你的像章送给我吧？我的连环画你随时看。我没同意。哥哥劝了好一会儿，终于愤然说："铁公鸡，一毛不拔！"觉得不解气，又补了一句，"亏你还是我亲弟！"

4

张宁带我去的新城区公安局。一个被称为陈主任的年轻人接待了我们，他一边用大拇指擦拭着警服上红红的党徽形胸针，一边让我们放宽心，说姚局已经吩咐过，他肯定以最大努力把这件事促成。张宁感谢一番，问希望大不大。陈主任开始打官腔，说他尽力促成，但关键还要看双方怎么谈，又说毕竟现在是严打阶段，他们也怕闹出麻烦。陈主任安排我们先去拘留所会见，送我们出门前，拉着张宁悄声说："如果对方非要闹，我们也头疼。"张宁一路闷闷不乐，我问他怎么了，他说没事。

在拘留所，我第一次见到剃了光头的哥哥，青幽幽的光头上，两鬓的发茬已白森森一片，眼窝深陷，嘴唇干裂得厉害。见到我，他先是一怔，然后叫一声弟，又转过头去，手背在眼角擦了一把，再回头时，双眼红红。我向他介绍了张宁，说："张总正在帮我们想办法。下午调解，尽可能调解成功。"

哥哥讪讪一笑，冲张宁弯弯腰，说："张总好，麻烦您了，麻烦您了。"张宁让他别客气，没想到哥哥竟然说："出去后，请张总吃大餐。"张宁听他这么一说，有点尴尬地看看我，然后笑起来，说："好，好，没问题。"哥哥也笑起来。气氛似乎轻松了不少。我告诉他，无论如何，要配合这里的每个人，争取调解成功，回家过年。哥哥郑重其事地答应我："弟，我听你的。"

下午等候调解时，我总感觉有些不对劲，回头一看，果然，不远处有两个青年在盯着我和张宁看。见我们回头，一个面色苍白的马上低下头，另一个则依然梗着脖子，一副挑衅的样子。张宁拉我走开了，小声说："这种地方神经病不少。咱们躲着点。"还没走两步，便听到那人骂了一句。我回头看，他依然梗着脖子，恶狠狠盯着我们。瞬间，我想起来了：就是火车上那个牛仔裤青年——我看到他脖子上的藏青色文身了，一只耀武扬威的蝎子。他今天穿着一件圆领毛衣，那蝎子完全露出来，像叮在他的颈动脉上。

到了过道另一端，我依然有种不祥的预感，便把火车上的事告诉了张宁，又说："如果是这家伙，就冤家路窄，完蛋了。"张宁伸着脖子看了看，说："没那么巧，这一排三个调解室呢，你看看多少人在等。"又说，"就算是，该怎么办还怎么办。"

大约十来分钟后，我和张宁进入调解室时，他们已经在里面了：正是那两个家伙——那个有文身的向侧后方勾着头，盯着我和张宁一步步走进去，像在行一种野蛮的注目礼，令人不安；那个看上去有点苍白的，先没注意到我们，后来也转身看，眼神闪烁，他轻轻拉了拉另一个的衣服，被粗鲁地打开了。

调解员是上午见到的陈主任，他发话后，那蝎了男才从我们身上移开目光。几张朱红色的木桌子围成一个"U"字形，陈主任和一名更年轻的女警察坐在顶端，蝎子男和那个苍白青年坐在一边，我和张宁坐在另一边。

宣布调解开始后，陈主任先介绍了我和张宁，又介绍了所谓的受害人，我们才知那蝎子男叫秦三江，另一个是他弟弟，叫秦三河，正是被我哥"囚禁"的那个。说到秦三河的名字时，他快速抬头看了一眼陈主任，又看一眼我和张宁，便十分不安地低下了头。秦三江则一直梗着脖子，歪着头，看一眼陈主任，然后死死盯着我和张宁，像一头凶狠嚣张的公牛。陈主任说既然来调解，希望双方各自负起责任，一定达成谅解，走出调解室后再无纠葛。"说句不恰当也恰当的话，你们不折腾，也少给我们添麻烦了，是不是？"最后停下来，左右两边各看一眼，等我们回应。

我和张宁点头说好，但对面并没有回应。陈主任看向秦三江，说："秦三江同志，你既然过来为你弟弟讨公道，我刚才说的话，你也表个态吧。"

那家伙看都没看陈主任一眼，依然歪着头，盯着我们，像是在小心躲避脖子上那只藏青色的大蝎子，似乎只要歪头一动不动，那蝎子就不会发起攻击。过了好半天，他才一字一顿说："他，必，须，道，歉。"又补充说,"当,面。"

陈主任松了一口气,说道歉是当然,"错了嘛,做错了事就必须道歉。"然后翻开一个蓝色的文件夹,说为了节省大家时间,事情的经过他不说了,如果我们哪里不清楚,可以随时问。又说,目前就三个问题,一是受害人的补偿,二是嫌疑人道歉,三是双方达成谅解,签订和解书。"当然,嫌疑人还是要受处罚,实际上已经在处罚了,对吧。关押了快半个月了吧?"他向旁边的书记员求证,那女孩子点点头,小声说:"十三天了。"

"那么,秦三江同志,说说你们的意见吧?"

"好,"这次倒是痛快,"那狗日的,千刀万剐都不为过。看看我弟现在这个怂样子,我恨不得亲手宰了他,那个狗日的……"

"哎哎哎,"陈主任打断他,"秦三江同志,注意你的言语,这里是文明场所,我们是来解决问题的,不是来骂街的,更不是来行凶的。大家都客气一点,文明用语,好吧?"顿一下又说,"好吧?你继续。"

秦三江冷静了一会儿,继续说:"看看我弟现在的样子吧，每天晚上做噩梦，睡一会儿就惊醒，饭也吃不下，稍微吃一点就吐，牙掉了好几颗，背上，肚子上，到处都是伤。你们说，你们拍拍自己的胸口说，那狗日的东西，是不是该千刀万剐？"

"你干吗，都说过了别骂人，说事情，说意见，听不懂人话吗？"陈主任有点发火。

那个家伙太不知深浅，听陈主任这么说，竟然也像盯视我和张宁一样，恶狠狠盯起他来，但只几秒钟，似乎意识到自己的问题，又收掉了刀子般的目光。"前三天，不给吃不给喝，抽耳光，脸都打肿了，现在过去了半个多月，还没有消肿，你们看！"他侧过身子，一只手托住他弟弟的下巴，先抬起，再扳转过来，"你们看看！身上的伤更不用说了，背上青了一圈，轻轻一碰，都疼得叫。"顿了一下，"还有，前三天不给吃喝，后来给吃的是什么？你们知道吗？吃的是狗食，喝的是尿！哪儿有这么没人性的，这狗日的坏种，操他娘的祖宗十八代，就是宰了他狗日的，老子都不解气！"

这话让我心里一惊，惊讶于哥哥的手段，可接着，我竟然愤怒起来。我抬头看了秦三江一眼。嚣张已让这个人变得疯狂，他的眼睛始终恶狠狠地大睁着，似乎再加入点愤怒，就可以发射子弹。见我在看他，他果然像被冒犯一样，嚯一下站起来，绷着食指，指着我几乎咆哮："你看什么？你狗日的看什么？你想干吗？"

陈主任重重地拍了一下桌子，厉声喝道："坐下！秦三江你到底想干什么？"

秦三河慌忙拉他衣服，让他坐下，可被那家伙一下子抖掉。他慢慢放下胳膊，又盯了我一会儿，才坐下，然后继续说："还有更操蛋的，那狗日的，"声音又一次变得低沉，说出的句子一字一顿，"他，烧，掉，了，我，弟，的，毛。"每个字都被他说得咬牙切齿，样子又确实滑稽。听到最后一个字的时候，我们其他人，包括陈主任和他身边的书记员，都差点笑起来。

秦三河听到他哥说的每句话都如坐针毡，低低地垂着头，额头几乎搁在桌子上。看得出，他许多次要干涉，不想让秦三江说下去，但他不敢。秦三江继续表演一般，细数着他弟弟遭遇的伤害："还有，我弟那儿，"又一次停下来，瞪着眼睛，神经质地看着桌面，微微扭头，"我弟那儿，现在都是红肿的，瘙痒，疼，你们知道吗，那狗日的差点……"又一顿，声音再次变得低沉，"差点割掉了我弟的，鸡巴！"然后竟双手抵在额头上，紧闭眼睛，哭了起来，但很快又收住了。

在场的人再次被他的话震惊，也被他过于短暂的哭泣震惊。张宁快速捏住自己的嘴，不让自己笑出来。略顿一下之后，那家伙又一次语调沉痛，讲起来："我弟，我弟可是个男人啊，他可是个男人啊。"感慨中充满了虚张声势的自大。我不知怎么回事，也沉不住气了，突然听见自己说："是吗?"随即，大家的目光齐刷刷看向我。

"是吗?"那家伙有些发红的眼睛，再次看向我，"你说呢?"

"你弟就这么无辜吗?"我条件反射似的说。

"你说呢?"他也开始条件反射。

"没错，你弟是个男人，所以才勾引人家老婆吗?勾引人家老婆难道不该付出一点代价吗?既然是男人，就该负点男人的责任。你说呢?"

他愣了一下，竟然又说："你说呢?"

"当然，每个人都应该为自己的行为负责任。"

"可是，"他像是一下清醒了，"可是那狗日的，我不管那狗日的是你他妈的什么人，他伤害了我弟，我弟总没有伤害他吧？"

"打了你叫伤害，杀了你就不叫伤害吗？"

"什么？"他反应了一下，"那狗日的差点要了我弟的命，我弟怎么杀了他？"

"那你告诉我，夺走一个男人的妻子，夺走两个孩子的妈妈，夺走一个家庭的和睦，毁掉这个男人的心，还有他的事业，"我停了一下，本能地让自己的声音更沉着，更有力，"你告诉我，这算什么，这还不算杀吗？"

"别跟我他妈的扯这些没用的，"他又回到了刚才的蛮横状态，"你他妈有证据吗？再说了，我弟和那婊子是你情我愿。"

"跟我要证据，"我立刻针锋相对，"好啊，要证据，那你觉得性骚扰怎么样，或者我们来谈谈强奸罪？我们在法庭上聊聊勾引、强奸一个有夫之妇，破坏别人家庭，怎样算你情我愿?!"我站起来，做出要离开的样子。

"哎哎哎，"陈主任马上站起来说，"甘松明同志，你也别激动，先坐下。"

我迟疑了几秒钟，还是坐下了。调解陷入了僵局，一片沉默。过了足足有十秒钟，陈主任清清喉咙说："你们双方也都发泄完了。咱们别再置气了，解决问题吧，来这里是要解决问题，不是来撒气的，对吧？"顿一下，"据我了解，秦三河有错在先，这个事很简单，如果人家女方站出来指控，在法庭上告你强奸，"陈主任看了一眼秦三河，"要是在法庭上告你强奸，我明确告诉你吧，那样的话，判你四五年不成问题。"

秦三河头都没敢抬，浑身紧绷着，小心翼翼侧转脸，看了秦三江一眼，发现秦三江正在看他，便眉毛碰到火似的马上躲开了。又停顿了几秒钟，陈主任让秦三江提补偿条件，"这个事赶紧和解了，就翻过去了，好好过年。冤冤相报什么时候才是个头。"

秦三江眼睛依然盯着桌面，缓缓向空中伸出了三根指头，语气冷漠又强硬，说："这个数，"一顿，又补充，"包括我弟的医疗费、误工费，我自己的误工费，我弟以及我爸妈的精神损失费。"又说，"我自己的精神损失费就算了。我为了这破事，工作都辞了，总不能让我自己承担这个损失吧。我妈为这事眼睛都哭瞎了,昨天还在医院。"

"好,"陈主任说,"三万,那甘松明你们……"

"No,No,No,"那家伙立刻打断陈主任,勾着头,依然伸着那三根指头,左右晃着,"不是三万。"秦三河微微抬头,快速瞄了我们一眼,又低下头。

"三十?"陈主任一脸惊讶。

"你们看着办吧。"

陈主任看看我和张宁,若有若无地叹了口气,让我们先考虑一下,又宣布休息,说大家缓口气,一会儿继续。我们都出了调解室,我和张宁坐这头,秦三江兄弟坐那头。张宁点了支烟,靠着椅子吸了两口,说:"笑死了。"马上用手捏住自己的嘴,可还是笑起来,接着呛得咳了几声。我也点了支烟,问张宁:"宁总,你怎么看?"他看着我,不明白我什么意思,我说就我哥这事,问他觉得赔多少合适。

"随便。"他又仰在椅背上抽烟了。

我盯着他,问他什么叫随便。张宁腰一挺,从裤兜里掏出一张银行卡,说里面正好三十万,本来想着少了让你自己补，现在正好。我看看那张卡，没接，问他这是干啥，张宁把卡塞进我手里，说这些钱对他来说不算什么。我又把卡塞回他手里，说对我来说不一样。"老甘，你怎么……"张宁坐起来，看着我，话到嘴边咽下去，"算了算了，知道你清高。"停顿了一会儿，又说，"你能不能放松点，我们是兄弟啊。"

我说我们是兄弟没错，可钱也不能这么用。张宁让我放心，说他暂时还不求我办什么事。我说："别扯远了。一码归一码，我就问你觉得多少钱可以答应他们。"张宁说："我没想过这事。我就这办法，只要出得起，就用钱解决。"

我看着张宁，犹豫了一会才说："我是想，你听听他们说的，我哥也不是，"我想说我哥也不是什么好东西，又打住，"算了，我是想，最多十五万，要不然就让他也尝尝教训，受点教育。你听听他们说什么，"顿了一下，还是把那句话说出来，"我哥也不是什么好东西。"张宁盯着我看了半天，一副不可思议的样子，最后说："老甘，不是，你怎么能这么想？那可是监狱啊，再需要教育也不能去监狱教育啊。再说了，你哥也没错，就是事情做得莽撞了些。"

调解再次开始后，陈主任直接问我们考虑得怎么样了。他想快些了结这事，我们理解，可即便如此，问话的那种感觉还是太奇怪，好像他成了那个会拿到赔偿的人。我迟疑了一会儿，说："太多了，不可能。"又补充说，"甘飞明的家庭根本承担不了这么大的数额。"张宁看我一眼，像要劝阻，最后还是把话咽下去，低头看着桌面，像受了挫败。

"我作为调解员，也要说句公道话，"陈主任看了一眼秦三江，"这事双方都有错，况且秦三河有错在先，三十万对一个普通家庭来说是天文数字，确实太多了。"又说，"秦三江，你考虑考虑让一步吧？"

那家伙明显焦躁不安起来，一连叹了几口气，抬手搔搔头，过了好一会儿，才语调飘忽地说："那你让他们说。"不等我们说话，他又说，"反正那狗日的必须付出代价。协商也可以，但必须马上让那个狗日的当面给我弟道歉，我最恨这种没人性的东西。"

"你想干什么？"陈主任问。

"不干什么，就是让他给我和我弟道歉。"

陈主任看看我，算是征求我意见，我心想如果那家伙愿意让步，我哥道个歉也没什么，况且早上叮嘱过了，于是点了头。陈主任转头让一旁的书记员通知拘留所，那女孩马上出去打电话。此后调解室全然静默，除秦三河还垂着头，其他人都开始玩手机。张宁伸过手机给我看，是小兰的微信，问什么时候带她去香港。我看了一眼，他收回手机，冲我一笑。

不到二十分钟，我哥在两个警察的左右押解下出现了，穿了个黄马甲。见我哥进来，秦三江忽然站起来，陈主任有点慌，赶紧起身呵道："秦三江你要干什么？"两个警察也停下脚步，挡在我哥前面，我哥怔在那儿。我和张宁也站起来，书记员也站起来。依然只有秦三河，还把头抵在桌子上。

"终于见到你这个狗日的了。"秦三江不理睬陈主任的话，开口便骂，"你狗日的现在给我弟道歉，要不然老子跟你没完，让你把牢底坐穿！"

我哥看了看我，我盯着他，让他道歉。我哥潦草地鞠一躬，说了声对不起，说他不该那样。秦三江马上说："你狗日的说清楚，你对不起谁，你不该哪样？"我哥又看我，我看了一眼陈主任，又示意我哥继续道歉。我哥接着说："我，甘飞明，对不起秦三河，我不该欺负他，不该骂他，也不该揍他。"

"你站起来，"秦三江转身将他弟弟从椅子上揪起来，"站直，抬起头来，"又拍了拍他的脸，"看着那狗日的，让他给你道歉，让他把逼你说过的话说一遍，说啊。"秦三河声音颤抖着，一副快哭的样子，说："哥，就算了吧。"见此情形，陈主任喊秦三江，说对方已经道歉了，接下来继续谈正事。没想到秦三江完全不把陈主任的话放在眼里，竟然冲着我哥吼起来："你这个狗日的坏东西，你他妈不是挺能侮辱人吗？你道起歉来怎么这个怂样子……"

"秦三江，你干什么，你拿这里当什么地方了？"陈主任跳起来。

可那家伙已经疯了，沉浸在自己的发泄中："你说，你狗日的跟老子说，我，我甘飞明这个狗杂种，今晚就要回家操我妈，操我妹，操我奶奶，说，说呀！"

"我操你妈，"出乎所有人意料的是，我哥也爆发了，而且一开口便跟机关枪似的，语速飞快，立刻压制了秦三江,"你个王八蛋你泡人家老婆还有理了吗?我操你奶奶的,你个狗日的杂种求饶的时候叫爷爷,放了你你他妈的竟然在背后阴我,你狗日的等着,爷要是再碰到你一定把你狗日的鸡巴割下来喂狗……"

"你们干什么?!"陈主任咆哮起来。

"你干什么?"我被哥哥,或者说被这失控激怒了。

这时,气焰被压制的秦三江,冷不丁向我哥扑上去,我们还没反应过来,我哥已朝他胸口踹了一脚,将他踹倒在地。秦三江挣扎着要爬起来,被门口冲进来的两个保安按住了。那两个警察护着我哥,将他带出了调解室。怒火在我心中蹿起来,我跟出去,张宁追在后面,不断喊我,但我早已失去理智。我冲到我哥面前,还没站定,一个耳光打过去。"你在干什么?"我听见自己声音颤抖着,"你怎么这么没出息?!"

"老甘,你干什么?!"张宁过来拦住我。

"我怎么了?!"我哥瞪大眼睛,咬着牙,声音从牙缝中挤出来,"我怎么了?我有什么错!你可以不管这事,你有什么资格教训我?你有什么资格?啊?"眼里闪着几粒泪花,但很快,就退潮般消失了。泪花消失后,我看到他的眼珠那么浑浊,像一颗被玩了太久的玻璃弹珠,浸在落寞的潮水中。

5

第二天早上,因考虑到接下来这阵子无需再往返兰州和老家,加之很快就是春节长假,我主动说坐长途车回家。张宁一听立马绷起脸,又一次不耐烦地说:"我说老甘,知道你一直清高,但你就说吧,你还拿不拿我当兄弟?怎么变成这样了?"我鬼使神差走过去,拥抱他一下,拍拍他的背,然后什么话都没说,又开着那辆别克回家了。张宁说:"你就在家休息,等着吧,我回头再给姚局长打电话,让他想办法。"又说,"我看那孙子就是想讹俩钱。加上他人现在也扣在里面,我看不难办。想要钱,就不难办。"

我知道张宁真心帮我,但我怀疑,这样做是不是值得。好几次,我都倾向于监狱,我觉得也许那里可以,至少可以让我哥知道任性非为是要付出代价的。这事让我感到深深的挫败和无力,感到深深的恼怒,但张宁那句话，以及他看我时那不可思议的眼神，又在我脑海中闪现："那可是监狱啊，再需要教育也不能在监狱里教育啊。"

我双手重重地拍了一下方向盘，汽车发出一声尖叫，前面的红色甲壳虫闪起转向灯，笨拙地转至慢车道。我这才意识到自己摁了喇叭，一脚油门超过去。我尽量让自己集中注意力，在黑灰色的高速公路上狂奔。两边的远山上积着大片的雪，它们缓缓向后移动。山头之上是灰蒙蒙的天空，象征性地透着一点近似于无的惨白阳光。一家水泥厂高耸的烟囱中，正冒着近乎黏滞的灰白色浓烟，由浓变淡，升入空中，巨龙一般。烟囱上写着几个红色的宣传体大字：撸起袖子加油干！再下面是中国移动的蓝色广告：4GLTE，未来已来。

快到家时，我看到哲哲还穿着那件黄色羽绒服，在路上蹦蹦跳跳挥手，然后往院门方向跑了，很快，父亲和母亲也出来了。父亲还像护小鸡一样，张开双臂，把母亲和哲哲拦在后面，为我让路。停好车，我才意识到，答应给哲哲买的小猪佩奇书包又忘了，但小家伙已经在拍着车门喊我："叔叔，你回来啦！"

我在车里默坐了两三秒钟,打开车门,看了孩子一眼,又看父亲和母亲一眼。母亲还那样拘谨似的笑一笑,父亲说:"松明回来了。"他明白我忘了给孩子买礼物,我想,他大概也明白这次调解并不顺利。父亲将站在车门前的哲哲往一旁拉了拉,对他说:"哲哲,别缠着叔叔,让叔叔进屋休息,一路上很累。"我锁了车,一家人默然进到房里。

刚进屋,哲哲就来到我面前,看看我,还是忍不住说:"叔叔,真的没关系。你走的时候,我就跟你说过,不用给我买小猪佩奇,"说着把手伸进衣兜里,掏出又一枚毛主席像章,"我有两个毛主席像章。"语调也随之夸张起来,"叔叔你看,爷爷又——给我找到了,一个这样的宝贝!"看到这又一枚像章,我心想,哥哥(就是昨天拘留所那个人)是真喜欢这东西,这么多年了还保存着,并且也保存了属于我的那一枚。随即一阵心酸。

我看哲哲心情不错,便顺势解释:"事情一多,小猪佩奇又忘了。"

没想到孩子竟突然哭起来,结结巴巴,边哭边说:

"我，我，我真的很想要一个小猪佩奇，他们，他们都有，就……就我没……没有。"我安慰他说改天去镇上赶集一定买，哲哲这才靠在我怀里收了声，用袖子擦眼泪。见哲哲哭，母亲也一副要哭的样子，父亲及时转身盯她一眼，才止住。父亲不自然地笑着，对孩子说："哲哲啊，还是不是男子汉，为了一个书包掉眼泪？"

"唉，"哲哲像个大人一样叹口气，避开了小猪佩奇的话题，"也不知道我爸爸，我妈妈，还有我姐姐，他们什么时候回来过年啊？都现在了。"一听这话，母亲再也绷不住，赶紧用手挡着眼睛出了房间。父亲看了看孩子，又看了看我，终于什么也没说，只是默然给我倒了一杯茶，然后去厨屋，说要给我和哲哲烤馒头，又说吃烤馒头对胃好。父亲是再也不会忘记我有胃病这事了。

中午吃饭时，母亲试探性地看我好几次，终于还是忍不住发问。"松明你，"看到哲哲在旁边，一顿，话咽了半截回去，"兰州的事办得怎么样了？"

"能不能让人先吃个安稳饭？"父亲非常不高兴，"这么急是要干什么？"

我赶紧解释:"没事,我本来也要说,进门一看到哲哲,把这事给忘了。"我吃了一口菜,接着搪塞,"总体上算是比较顺利,但还没有最终结果,得再等等看。"又补充一句,"你们别太担心。"

母亲追问要等多久,随即被父亲十分厌恶地剜了一眼。我知道,以母亲的急性子,这已经算很克制了,而父亲其实也早想知道,并且已预感到结果不好,只是不想让我喘不过气来。我说快的话,年前,慢的话,可能得几个月。母亲再次追问:"怎么要那么久?"

"你想多快?"父亲声音严厉,"国家机关是你开的?"

"爷爷,"哲哲喊道,"你怎么老在说奶奶啊!"

"现在各种机构事情都多,这个速度,"我停了一下,"这个速度也不算慢了。哪里都一样。"母亲哦了一声,终于不再追问,像是获得了一个模棱两可的保证,虽则模棱两可,但至少可以确保她的大儿子回家——这保证多少让她安下了点心。

饭后我睡了一觉,醒来后看到父亲一个人蹲在院子里抽烟,忧愁让他面庞严肃又消沉。我出了自己房间,在院子里也点了一支烟。父亲让自己的神情略微舒展一些,然后惊讶地看着我,说:"我还记得你不抽烟。"我说很少抽。两点多了,天色又阴沉起来,四处冷飕飕的。父亲说:"进屋里去吧。院里冷,一会儿你又要不舒服。"

房间里没人,父亲说母亲带哲哲出去玩去了。他拿过一把小板凳坐下,往火炉里加了几块煤,随手递给我一个小板凳,示意我坐下烤火。新添进去的几块煤,很快在炉子里吼吼燃烧起来,人坐在旁边,脸上热烘烘的。

"见到人没?"

"见到了。"

"怎么样?"

"挺好。"

父亲不再说话,抬头看我一眼,又低下头。从他的眼神可以看出,他既不明白我说的这两句过于简短的话是什么意思,也不确定我是不是愿意告诉他。很明显,他原以为我总是会讲给他听的,我只是在找合适的机会,而眼下正是一个合适的机会,我却闪烁其词。这让他感到很不安。沉默了一会儿,父亲试图再次挑起话头。

"快过年了,唉,遇上这事。"

"见到我哥了。在拘留所,吃住什么都挺正常。"

"我是问调解的人。"

"也见到了,就是想要钱。"

"多少可以谈得拢?"

"要三十万。"

"啥?"父亲瞪大眼睛,"三十万?"

"嗯。"我躲开父亲的目光,瞥向那张黑色的方桌。方桌上本来夹着我祖父祖母遗像的相框不见了,换成了一个带圆形底座的黑褐色木制十字架。我站起来,走向桌边。父亲在我身后喃喃说:"三十万。三十万。怎么能要这么多?那家人的心也太重了些……"

我把十字架拿起来,在手里轻轻掂了掂,沉甸甸的。父亲这才抬起头,见我拿着十字架,说是母亲昨天就放在那儿的,为了保佑我哥平安回家。停顿了一会儿,父亲又恨恨地说:"整天尽搞这些神神叨叨的东西,还非要也拉着我去信。"十字上雕着个瘦小的耶稣像,做工粗糙,但也能看出,虽则痛苦使他头颅和双眼低垂,却依然神情平静。

"平时没啥事,这些东西了解一点也没什么坏处。"我坐回火炉旁。

父亲没理会我的话,自顾自说:"三十万,是个天文数字啊。你哥要攒三十万,不得个八九年。那家人的心怎么那么重?"又抬头看我,"就不能再便宜一点?"

"也是可以谈。"

"当场没谈?"

"谈了。"

"那怎么?"

"我哥,"这两个字一出口,我立即停下来。父亲这无意的步步追问让我心中升起一股隐隐的恼火,令人焦躁不安。我想起昨天下午的事,如果不是我哥一时冲动,也许现在已经回家。冲动的结果是,张宁现在可能还在四处打电话求人,还在想办法疏通。

父亲盯着我,过了好半天,再次试探说:"那东西又犯浑了?"

"唉,"我叹口气,停了一下又说,"张宁还在沟通。"

"这狗日的坏种,"父亲突然大骂起来,"这狗日的坏东西，从小到大什么时候让我省过心。我看就算了，让这狗日的蹲蹲大牢，吃点教训……"

"爸，你也别骂了，"我打断父亲，"对方也不是什么好东西，是他先骂人，我哥忍不住了，骂起来。要不然，可能今天……"话一出口我又意识到不该说。

"日他妈，他脸都不要，挨两句骂能死？还是能脱层皮？"父亲暴跳起来，"哦，他受不了委屈，所以别人跟着他受麻烦，受委屈。我看是这，你给你朋友打电话吧，现在就打，别再麻烦人家了，不值得为这东西费心。事情该咋办咋办，该判几年判几年，让国家也替我教育教育这败家子。"由于靠近火炉，加上过于激动，他此时满脸通红，脖子和耳根都红了。

"爸，"我理解父亲的感受，那也正是我昨天的感受，但还是尽量劝慰，"你也别这么着急。对方说话实在太难听了，也不能全怪我哥。帮忙的是张宁，我多少年的好朋友了，不麻烦。现在就是尽力救。"

"哦，人家话说得难听点他就受不了了？那拉了屎让别人擦屁股的事，那些不要脸的事，他怎么就受得了？前年买了那辆卡车，我攒的一点钱都给他连哄带骗拿完了,还让我出面贷款,信用社贷了十二万,现在都是我和你妈在土里刨钱,还贷款。他狗日的人模狗样,抽好烟喝好酒,这些钱他啥时候过问过?现在又惹事,惹完事进监狱就不管了吗?屁股谁来擦?"

我目瞪口呆地看着忽然变得喋喋不休的父亲。他的恼怒和怨愤,我都能理解,可这些话听上去还是让人感到不适,似乎犯错的成了父亲。而也正是父亲这些话,让我心中再次升起怀疑的烟雾:昨天在拘留所,当着那么多人的面训斥乃至掌掴哥哥,是不是太过分了。然而,这些感觉很快飘散,或者说被另一种更纷杂的东西覆盖了。

父亲吐的这么一大摊苦水,我以前完全不知道,我知道哥哥近两年在跑车,但并不知道他自己买了车,更不知他是以这种方式买的车。某一瞬间,我想——我知道这不是什么大事,也并不重要,但这想法挡也挡不住——既然他拿走了父母的钱,那岂不是说明里面也有我一份?那么,父亲说得对,这么多年他都在干什么,除了不断惹是生非,让父母担惊受怕,他到底给这个家作过什么贡献?他怎么能如此混账,如此可恨?某种纷乱情绪的暗流涌动着，铺排而来，使人感到一种空洞的焦躁。我意识到，哥哥亲手造就的这个泥淖正在隐秘扩大，而我也已身陷其中。

父亲看到我的表情，也许意识到了什么，起身端来他的茶杯，喝了一口茶。"唉，真是气死个人，你说，"语气平缓了许多，"没法子说这败家子，一说就来气，一说就来气。"

"再等等看吧。"

"现在是怎么个谈法？还去兰州吗？"

"不好说，要看情况。"

"那怎么谈？"

父亲语气中透露出一点对我的不满，仿佛我不积极的谈话正说明了我不积极营救。我明白，无论哥哥如何败家，如何不孝，也无论父亲刚才如何咒骂，他和母亲终究还是愿意尽全力救他，哪怕即使真的不值得，哪怕为了救他，甚至再背上数十万的银行贷款。我瞬间意识到，也许正是这里，有某种东西开始刺痛我——说不清是什么，但确实刺痛着我。

"张宁还在沟通，"我尽量让自己心平气和一点，但声音听上去冷冰冰的,"如果需要,我会再去一趟。"顿了一下,"他会和我保持联系。"我心里清楚,现在只能等张宁的消息了。调解失败后,我想过别的办法,但没有,没有其他办法,张宁是唯一的办法。这尤其让我感到焦灼和无力,这一点,父亲和母亲无法理解。

"这事也多亏有你在。"父亲说,"我听你说如果判罪可能三年左右,就请你朋友按十五万左右谈,高于这个数就算了,在这个数以内就当他用十五万买了三年时间。"可能在父亲看来,依据这个数学标准来作决定,既显得理智,也显得公平些。

"看吧。"我说。

吃完晚饭,收拾了桌上的剩菜,母亲终于忍不住,假装无意间说起哥哥:"你们小时候,有一年腊月去你外公家,飞明一大早想吃土豆丝,哭着喊着要你外婆给他做。都在地里干活,你外公给吵得不耐烦,就骂他,说谁家孩子这么不听话,不吃土豆丝能馋死?又说,再这样的话以后别来了。"母亲讪笑一下,神情中充满了怀念往事时的那种感慨,"自那以后,你外公家飞明能不去就不去了。"她显然认为那表现了哥哥的某种骨气。

"那是我，喊着要吃土豆丝的是我。"我纠正母亲。

"怎么会是你？"母亲一副很有把握的样子，好像我在说一种根本不可能的事，"就是你哥，是飞明。如果不是飞明，他后来怎么那么怕去你外公家？"

我笑了笑，没再说话。因为这种事无需争辩，也因为母亲的坚持让我对自己的记忆不那么确定了。过了一会儿，母亲又说："你还别说，这个害人精，"语气中陡然升起的某种古怪的轻快感，让人有点不太适应，"当年家里那群羊主要是他放，那会儿也就八九岁，一有时间就去山里放羊，早上背着馒头，要到太阳很高才回来。冬里中午出山，要太阳落山才回来。在山里整整一天。"

"放羊不都是我和他一起去的？"我的语气中有些轻微的嘲讽，现在我心里明白，为了说起哥哥，母亲已是一再歪曲记忆了，不仅仅放羊的事，也包括土豆丝之事。通过这种歪曲，仿佛要把我从记忆中剔除，这让人无法接受。然而，相对这些细微的不满，我的嘴巴似乎已经不受控制了——这并不是我想说的话。

"是吗？"母亲先表示惊讶，随即十分粗率地否定了我,"肯定不是。那时候你还太小,放羊主要还是你哥。是飞明。"

"怎么不是了?"父亲乜了母亲一眼,"松明就比飞明小两岁,能小多少?"

母亲意识到了什么,不安地瞟我一眼,不再说话。我明白母亲只是为了说起哥哥,但她记忆和语气中自然散发的某种东西,却让我感到一阵微微的酸涩:毕竟是哥哥,曾被她和父亲认为不成器的那一个,更多地占据了她的记忆;而不是我,不是曾被他们视为骄傲的这一个,我是正在被从记忆中剔除的那一个。当屋子里没人再说话,当我坐在那儿反刍这细微的酸涩时,它更深地击中了我。

第二天是腊月二十六,我开车带父亲、母亲和哲哲去赶集。到了街上,停好车我就带哲哲进了一家面积不小却装修简陋的超市,在一个角落的货架上找到几只小猪佩奇书包。书包上落满了灰尘,缝接处好多线头,粗糙至极。我本想再看看有没有更好的,哲哲却拿起书包,兴奋不已地说:"叔叔,就这个吧,我觉得这个,已——经很——好啦。"如愿以偿使他瞬间将所有不如意都抛于脑后了。

我和哲哲走出超市时,等在外面的父亲、母亲,正在和一个穿长款黑呢大衣的中年人聊天,时不时点头哈腰,脸上堆满了讨好的笑容。那人虽背对超市站着,但从一丝不苟的大衣和锃亮的黑皮鞋,也足以看出不一般的派头。父亲见我出来,一边抬手示意,一边说:"松明你快过来,看,这是你陈家表叔。"

那人转过脸来,爽朗地看我,面带笑意。他戴着一副重框墨镜,头发是染过的那种乌黑,两鬓有小片遮掩不住的灰白,但都仔细地梳理过。确实有派头。我和哲哲走过去,问了一声好。那人看着我,问父亲我是老大还是老小,说好多年没见,都分不清了。父亲回答说是老小,又向我介绍他,说:"你表叔现在是咱们县政协委员呢。"父亲很少见地用了呢这个词,听上去有一种十分婉转的特别意味。

然后,很自然地从哲哲聊到了我的婚姻,听说我还没结婚,这位表叔大度地说现在的年轻人都不着急结婚,事业第一,有了事业就有了一切。父亲示意我回应几句,我说哪里哪里,只是还没遇到合适的,没办法。

再聊到我的工作，他一连说当记者好得很，记者可是无冕之王，记者当好了，权力大到不得了。"你们是不知道，"他看看父亲，又看看母亲，"厉害些的记者，就算是那些土皇帝见了，也要让三分，何况我们这些芝麻大的父母官。你说是不是，松明？"

我本就不善应酬，此时已感到浑身不自在，像一块被架在火上的烤肉，只好说一个小记者，怎能和您这样的领导相提并论。他马上高兴起来，夸我是高材生，又说不管什么话，从这样的人嘴里说出来，总是让人如沐春风。谁都没想到的是，他突然停下来，刚才的爽朗变成了无限的感叹，惋惜地说："只是，松明啊，可惜你这么个好苗子咯，当年可是我们县的高考状元啊！"我和父亲、母亲当然都明白他在说什么，只好尬笑着，默默承认这个可叹的结果，等着听他议论。他却没继续说下去，而是潦潦草草告别了。

在集市上简单买了些东西，我们就回家了。路上，母亲两次试图提起那位陈家表叔以无限叹惋的方式结束的话题，都被我打断。晚上哲哲睡着后，她再次提起来："今天见到你这个表叔，以前就说过好多次，让我和你爸转达他的意见,劝你无论如何考公务员。"

"他怎么说?"我确实听他们多次提起过一个表叔。

"你表叔说,"母亲看我一眼,眼里闪过一丝光亮,我这样的表现大概让她有点不敢相信,毕竟中午被我接连打断了两次,"说你们好好劝松明,无论如何,无论如何,一定要考公务员,这是人世上最实在、最实在的职业。最实在的职业,你表叔说的,"母亲停顿了一下,像是要通过停顿和重复让我明白这些话的重点所在,"他当时说啊,无论贵贱,只要你不违法犯罪,就总归是个跌打不破的铁饭碗。"

"就这些?"

"他还说,他的一个表哥,也算是你表叔,是隔壁远明县的县长,他这个表哥的同学是一个什么市的政协委员,还有个什么关系是省法院的院长。"

"那跟咱们有啥关系?"

"咋没关系?你表叔当时就说了,只要你做了官,无论在哪里,就介绍这些人给你认识,那样就都串起来了。"

"你以为官那么好当?"我语气中已透出点儿讥诮。

"咋不好当？人家你表叔不是当得好好的？"

"人家是人家，咱们说咱们。"父亲阻止母亲说下去。

"现在这社会，无论如何还是当官好，像你表叔说的，铁饭碗，最实在。"

"哪里好了？"母亲其实已经在收这个不愉快的话题了，我却一时激动起来，语调十分不客气，心中积郁的一些东西像遭遇了刺激，这时候找到出口，便争先恐后往外跑，"天天跑场子，喝大酒，溜须拍马？好在哪里了？"

"你就不会不跑场子，不喝大酒，不溜须拍马？"母亲压着声音，近乎嘟囔着说出这些话，但分明能听出她对我如此说话的不满，以及她心里埋藏许久的那种深厚的积怨。

"你以为又要当官又想把自己摘干净，有那么容易吗？"我不觉间提高了嗓门。

"行了，整天总提这个干啥？当记者我看就挺好。"父亲赶紧调和。

"怎么不容易？别人怎么都行？你要当了公务员，

我们至于这样吗?"母亲被我激怒了,也提高了声调,但只说了两句,又转入嘟囔,"要是那样,你哥出这么个事,咱就不用到处求人。"

我呆在那儿了。我知道母亲乃至父亲从来都有这样的想法,但当这些话被他们亲口说出来,缭绕在其中的怨愤、轻蔑,以及某种程度的讥讽,还是那么猛烈地刺痛了我的心。那一刻,我明白无误地意识到,从母亲那里,我的选择我的职业,非但没有得到理解,反而招致了鄙薄——因为它无法解决眼前的事,无法带来便利和骄傲。换一种说法,就是无能。不仅他们这么想,这样的情形,也使我不得不面对它的存在(它一直在,只是我不愿承认):它不是某个人的看法,而是一种事实,像鞭子一样嵌在你的肉里。父亲也如此,只不过他把这种失望深藏在心里。我还清楚地记得,得知我不考公务员时他在电话里的喟然长叹,那是一个失败者对失败的无奈接受。

我没再说一句话,跳下炕,回了自己房间。到院子里,我听到父亲在厉声训斥:"成天在干吗?就你能?"母亲哭起来。很快哲哲被吵醒,带着哭腔喊了两声奶奶。

回到房间,我似乎猛然清醒了些,开始觉得自己太过分,为何要与早就焦躁不安的母亲较劲。接着头疼欲裂,胃里也有东西开始翻滚,依然像怪兽遁地,隆隆闷响。我怕起来,赶紧翻身趴在热炕上,希望能将它们抑制。在头痛、胃胀与惧怕的折磨中,我想到母亲下午为我烧炕的样子,感到深深的歉疚与不安,但又意识到,这歉疚并没有消减母亲那些话对我的刺痛,甚至非但没有消减,反而加剧了——我意识到,这刺痛永远不会消散。

这让我感到心惊。

6

腊月二十九,我带父亲和哲哲去赶集,母亲在家准备过年的食物。这是年前最后一个集,过年用的东西都要准备好,肉、鱼、蔬菜、调料,糖果、花生、瓜子、巧克力,烟花、鞭炮、门神、对联、香、裱,等等。置办好这些,父亲又给哲哲买了一顶鸡冠帽,帽顶上的橙红色鸡冠硕大威武。哲哲戴在头上，高兴地喊道："我是大公鸡！"父亲笑说："新的一年，从头开始！"

准备回家时，父亲又说灯笼忘买了。我记得家里的灯笼还能用，父亲每年都挂得小心翼翼，一过正月二十三，赶紧拿下来，收在塑料袋里保存。父亲说："今年买个新的吧，再买几个小灯笼，多挂挂，喜庆些。"

到家后，哲哲戴着新买的鸡冠帽，将两个毛主席像章别在羽绒服的左右前胸上，两个小兜里装满糖和花生，非要拉我出去玩。父亲在院子里整理买回来的一堆东西，准备香炉、黄裱、纸钱等敬神、上坟用的东西。母亲在厨房喊道："哲哲，奶奶在蒸包子，别玩太久，一会儿就和叔叔回来吃包子啊。"出门的瞬间，看到父亲专注又微笑的样子，我感到一阵淡淡的悲哀，似乎所有人笃定哥哥没法回家过年，也就索性把他的事抛开，像把他这个人忘掉了一样。我又想起此前和母亲的争吵。失落和刺痛同时掠过我的心。

母亲做了两种馅的包子，土豆肉沫，韭菜鸡蛋，又做了一个小暖锅，里面放了肉片、粉条、萝卜丝、菠菜、白菜等。父亲嘟囔着说怎么这么点儿菜，我说已经很多了，一个比一个好吃。哲哲学我说："已经很多咯，一个比一个好吃。"母亲不自然地笑着，看看我，动动嘴唇，终又没说一句话。我能感觉到，她的眼神里游移着某种不安的歉疚。

快吃完饭时，我手机响了。先是父亲，停下来看我手机，再是母亲，很快连哲哲也停下来，紧张地看着反扣在桌上的手机，嗡嗡震动——是的，包括我在内，房间里的所有人都知道，这个电话很可能和兰州有关。我放下筷子，拿起手机出了房间，我能感觉到，我的背影被父亲、母亲和哲哲的目光紧紧跟随。

三五分钟后，我回到饭桌前。这个不长不短的时间，确实让父亲和母亲难以判断，到底是好消息还是坏消息。他们都怔怔地坐在那里，不再吃饭，看着我，等我开口。我只好说电话是张宁打来的。父亲问怎么样。我语调沉重，说："估计要年后了。"

这时候，母亲木然起身，拿着一只空碗出去了。一阵沉默后，父亲说："这样也好，我们过个安稳年。"过了一会儿又说，"麻烦你那朋友了，大过年的，还要给咱们操这心。"

"没事,"我说,"和我关系好,我也帮过他。"

"不管怎么说,"父亲叹口气,反过来安慰我,"多亏你,要不然你说,出了这事,我和你妈……"话还没说完,母亲端来两碗红豆米汤,一碗给父亲,一碗放在我面前,然后到炕边去开灯。父亲大概觉察到了母亲身上的不对劲,没再说下去。灯打开后,各种家具的阴影一下子凸显出来,整个屋子似乎也随之陷入了这些沉默的阴影——只有已吃完饭的哲哲在炕上哼哼唧唧不知道唱着什么。天已经黑了,从窗户看出去,院里漆黑一片。

"桌上是啥?"母亲向摆着十字架的黑色方桌走去。

父亲回头往那边瞥了一眼,然后略显不安地看看我,似乎有了不好的预感。父亲刚要搭话,被母亲已经有点失控的声音压住了:"怎么又摆在这里了?"我回头去看,那黑褐色带底座的十字架旁边放着祖父和祖母的遗像,像框前放着父亲下午擦拭的深绿色瓷釉香炉,香炉旁是一叠黄裱和一叠裁切整齐的纸钱。

"这个家都成什么样子了?"母亲声音中满是怨愤,但还算平静,像一句无足轻重的抱怨。她将一个像框夹在胳膊下，另一个拿在左手中，右手去拿那个小香炉。"我成天提心吊胆向主祷告，成天劝你，劝你多长时间了，你就一点不信，"音调在这里陡然升高，情绪也毫无征兆地失控了，"可是这一大家子人，我一个人信有用吗？啊？一个人信有用吗？一有机会你就把这些不三不四的东西摆出来，你怎么这么爱跟我作对，啊？怎么就这么爱跟我作对？"说完这串话，又在屋内停留了两三秒钟，母亲出了门，在院子里，继续埋怨，哭腔明显，"要是早些跟我信，飞明会这样吗？啊，这个家会这样吗？"

这声音中，是像框和香炉被砸在院子里的声响。父亲脸一黑，站起身来，像要冲出去，我赶紧叫了他一声，父亲看看我，又默然坐下，在那里长吁短叹。过了好一会儿，母亲默然进房间来，怨怒似乎消了不少，也没了哭腔，但还在嘟囔："真心诚意信主，主会原谅我们的罪孽，会保护我们，只有那样，才能家庭幸福，平安喜乐。"嘟囔完，走到黑色方桌前，又一次喃喃自语，"主啊，求你老人家原谅我们的罪，宽恕我们，求你老人家保佑我飞明，赐予我们幸福，赐予我们平安喜乐……"

"别叨叨了!"父亲突然喊起来,同时略微转过头,脖子扭得嘎嘎响,眼角的光眦着方桌前的母亲,"成天神神叨叨,还让不让人活了?"

母亲愣了一会儿,然后缓缓转过身来,面向我和父亲,嘴唇颤抖,好半天才说:"是谁不让人活了?"声音中的不可思议陡然尖利起来,"啊,你告诉我,是谁不让人活?啊?你为什么处处跟我作对?我做了饭你说,我说了话你说,我祷告你也说,我祷告是为了谁,为了谁,啊?你说?!"

"我怎么跟你作对了?我怎么不让你活了?"

我劝父亲少说两句,但我的声音被母亲压了下去:"你一有空就搞这些不三不四的东西,又是敬神又是拜祖先,你这不是和我作对是在干什么?我跟你说了多少遍了,主耶稣不允许信这些不三不四的,你耳朵塞驴毛了吗你?啊?"

"我敬神,我拜自己的祖先,自己的父母,难道有问题吗?怎么就不三不四了?"父亲提高了声音,"我爹我娘不在了,我都不能祭拜,我还算人吗?"

刚刚还在炕上学母亲念念有词祷告的哲哲，这时停下来，瘪着嘴说："爷爷，你别说奶奶了。"但他的声音也被充满怨气的争吵压住了。哲哲又大声说了一遍，见依然没人理，便缩在炕角抹起眼泪来，一边抹眼泪一边喃喃地说着什么。

"你祭拜了多少年，你烧了多少纸钱，用了多少油，有一点点用吗？你祭拜了多少年了，祭拜祖先，飞明还不是这样了，这个家还不是这个样子？你祭拜祖先你?!"

我拉拉父亲的衣服，示意他不要再吵，父亲浑身颤抖着，终于不再说话。可母亲还在说："人家都说了，这个世上，只有主耶稣，你怎么……"

"妈！"我打断她，"你就……就不能少说两句吗？"

"为了这个家，我跟你说了多少遍，你就是不信，你怎么就不信？"母亲完全失去了理智，继续喋喋不休，根本不理会我的话，"如果你早点信主的话，飞明就不会这样。"

"谁说的？"我为母亲的顽固和她对我的漠然感到吃惊，声音微颤，"谁说我爸信，信了耶稣，就能全家无事，我哥就能不这样？"

"她们都是这样说的，你红梅姑姑一直说，要全家信，只有一个人信不灵。"母亲的语气显然软了下来，但依然能听出潜藏其中的固执，以及对我的不信任。她已经相信了的东西，没那么容易放弃，而她已经不相信的东西，也不容易再接受。

"是吗，那她们都过得很好吗，家里什么事都没有？"我有点口不择言。

"她们很好啊。"母亲更不知道自己在说什么。

"皇帝都——都不会要求，要求每一个人想法——完全一样，你可以信，你的耶稣，我爸继续敬他的神，有什么问题吗，你干吗——干吗非要拉着我爸呢？"过分的激动已使我不能连贯地说完一句并不长的话。

"她们都说了，只有一个人信不灵。"

"她们！她们！她们——到底是谁？"我完全被母亲那不依不饶的顽固激怒了，浑身颤抖，声音骤然提高，几乎是喊出了这些话，"她们知道得多，还是——还是我知道得多？我是——我是你儿子，你就这么不相信我？你不相信我——却相信她们吗？为什么？你——你能告诉我吗?"

没等母亲再说话,我站起来,重重地摔下手上的筷子,绕开那张圆饭桌,不管不顾往门外走去。一迈步子,我发现自己颤抖得厉害,以至于脚步踉跄,差点撞在火炉上。我听到父亲喊我名字,但我没回应,也没停下来。

我不知道自己是怎么来到院子后面的。那里延绵的贫瘠的沟壑与荒坡,都沉寂在同一片苍茫中,只有寒风无声地吹来,晃动着周围凛冽无边的冷空气。我的脸上像贴着冰冷的刀子,那刀子在刮。过了一会儿,我略微平静了些,感到天似乎并没有我在屋子里看到的那么黑,甚至西边的天空还透着一点点暖调的微光。天穹中也有几颗若隐若现的星星。而适应了这尚未抵达极点的黑暗,我才隐隐发现,周围荒地里,甚至远山上,积着一块一块的白雪,那可怜的苍白,正在被黑夜消解。山坡上倾斜的野地,绕着沟壑蜿蜒的小路,沟边上轮廓模糊的杏树,我身后的院子,以及院子周围的杨树、杏树、梨树、苹果树,都正在跌入这黑夜。

我意识到,在这里,在这样的黑夜,这样的黑夜之后的白日，要过完属于他们的一生的人，是我的父母，乃至我哥哥，但不是我。我早已不属于这里，早已几乎与这里的一切都格格不入。我感到有一种东西正在被刺破，同时又有另一种东西正在变得黏稠，正在弥合，像褐色胎衣，紧紧包裹着我，使我喘不过气来。这时，我胃里又开始有东西翻滚起来，隐隐轰鸣，一头暗灰色的怪兽，我甚至能看见它就在面前不远处的黑暗中——一头倒地的熊猫，像城市里随处可见的那种废旧衣物回收箱，笨重的身体一半浮在灰色的苍茫中，一半已融入沉沉黑暗——盯着我，暗红的眼睛里透着古老的饥饿、阴沉与残暴，而洪厚的嚎叫，激荡出一重又一重的遥远回音。

太冷了，我不禁浑身颤抖起来，微微转头，才发现父亲蹲在不远处，点着一支烟，一明一灭。他没说什么，递过一支烟来，我伸出颤抖的手，接过来叼在嘴上，他又递过自己那小半截。对着半截烟上火星乱飞的红光，我猛吸两口，多少感到舒坦了些。

三十儿下午，哲哲戴着新买的公鸡帽，我带着他，拿着香裱、鞭炮、清油,替父亲去庙上敬神,然后去给曾祖父、祖父、祖母上坟,像以前过年时和哥哥一起那样。父亲留在家里贴对联、挂灯笼,母亲出出进进忙着,准备年夜饭。那情形,仿佛父亲皈依了基督,成了母亲一个珍贵的弟兄——这情形,似乎加倍地补偿了一个儿子的缺失——而我,也像真的融进了这片土地,理解了这里的生活,像变成了一个父亲。

绿鱼

吃早饭时提起春联,我说明天去镇上赶集买几副贴贴算了,父亲却思思维维说:"人家都说对联还是墨写的好,墨字镇宅,"又说,"你看吧,要是不想写,买几副贴上也行。"好几年了,一回家过年父亲总是这么说,我总是嫌麻烦,这次终于心怀愧疚般答应了。父亲高兴地说:"对联书还在那个小书柜里,看你要不要用。"

中午父母出门去了,我从他们房间柜门上画着一株水边老梅的小书柜里,抽出那本红色封面上印着天官、财神和寿星,书页暗沉沉的《实用对联精选》,翻了没几页,却发现一页叠成四折的绿格稿纸,黄到有点发黑了。

当年老房子改建，我留在家中的书本早在混乱中全不见了，十多年过去，却看到这样一张纸。浅绿的方格中，精蓝色的钢笔字，涂涂画画地写着几行小诗。我拿出这张稿纸，将对联书放回去，在沙发上呆坐了好一会儿才出门。院里阳光很好，屋檐下火炉的烟囱管缓缓地吐着一缕缕青烟，后院偶尔传来母鸡咕咕的叫声。

我去了自己房间。朱青梅正陪儿子午睡，脸红红的，微微打着鼾。幸亏我阻止她带工作回来，我对那种过分的上进有一种本能的抵触。回老家前，朱青梅又要带电脑，又要带课本和教案，说要抽空备课，我让她别带那么多东西，她反问我："那么多天干待在那地方干什么？"我知道她不想回我老家，可已经三年没回老家了，不能再临行取消。我强忍了心中的不快。

小家伙脸也红扑扑的，鬓角渗着一层细密的汗粒，头发都濡湿了。我将孩子身上的被子略微往下拉了拉，从另一边上炕，呆坐一会儿，又展开那稿纸看了几遍。

那是一个秋日黄昏，在暮色渐重的老屋子里，我心神不宁地写下一些句子，然后划掉，又写下，又划掉，又写下，一遍一遍划线，涂改，再划线，再涂改。天快黑时，在那无数的涂画间，几行小诗终于从空白与混乱的纠缠中浮起来，像场院里的合欢树收起它毛茸茸的粉红合页时，在巨型蘑菇般的麦草垛背后，月亮从苍茫中升上天空。

第二天是星期日，三四点钟早早吃完饭，我骑着自行车，带着半个礼拜的干粮去镇上的寄宿高中。那时候我已上高二，为强化复习，备战高考，学校一个月才放一次周末假。刚到学校，我就急匆匆去打水，接了水，站在外墙被刷成蓝色的水房门口，但直至最后一个打水的低年级学生偷偷瞟我一眼离开，直到蓝色的水房关了门，也没有等到她。我心烦意乱地回了教室。

两天后的午饭时间，才终于见到。她还像以往那样，一脸温柔的微笑。见到她，我心里泛起一阵微微的酸涩。"我妈妈生病，我请假了。"她说得很不经意，但从那语调中我感受到了一种亲切的信任，这让我欣喜，以至于心中那点儿替她而生的担忧，显得似是而非了。"去县医院割阑尾，已经出院了。没事的。"而她也透过那似是而非的欣喜，看到了我的担忧，我的真心，所以反过来安慰我——那时刻，让人刻骨铭心。

但时间太有限了，我们只同行了不足一百米，就要各自回宿舍吃饭，然后午休，午休后各自继续上课。年初分科，我留在理科班，她去了文科班。分别时，我们停下脚步，我看看她，她看看我，脸上依然是纯净轻柔的微笑——那种被发自心底的某种光所照亮的，只要看见就会被它融化的，乃至可用圣洁形容的微笑。就是那时，我拿出那几页誊写清楚的稿纸给她，"给你的。"她看看我，微微笑着，很自然地接了过去。

两三天后再见，她低着头，脸上浮起一层淡淡的忧郁和不安，径自去打水。我站在那里等着，等她打完水再心事重重走过来，到我身边。我们开始同行那珍贵的一百米。"她们都看到了。"她小声说，语气中满是不安。我问谁看过了。"就是她们，我宿舍的那些人。"略有一丝怨愤，似乎我不该将那个秘密交给她，那样就不会有人知道，又似乎她接受了那秘密，烦恼只是因为她们的多事。

我说："看到就看到吧，没关系。"她突然停下，只那么短暂的一下，抬头看我一眼，眼神中闪过些什么，但没说一个字，然后继续走路。我确信她眼中有某种东西正在形成，就在那个瞬间，那东西完全可以，并且似乎已经抚慰了她的不安。分别时，温柔的微笑又一次在她脸上隐隐浮现，那微笑中甚至有一丝略带羞怯的欣喜。

此后很长一段时间，我们维持着打水时那一百米同行，后来周日的上学和周五的放学，也时常同行。我经常梦见她，拉着她的手在梦中飞翔，飞过合欢树冠一般粉红色的巨大云团，我一遍遍问她："素素，你知道吗？你知道吗？"听到我的声音，她的脸变得绯红，一遍遍用温柔的微笑回答我，以此确认我梦中那欣喜若狂的心。那种轻盈又神秘的情感，在那段时间里充盈着我生活中的一切。

六七个月或八九个月之后，一个夏天的月末，上完最后一节课，我急忙收拾好书包，推着自行车到校门口，像往常一样等她。几乎所有人都出了校门，也没有等到。我于是跨上自行车，发疯一般狂奔，将那么多骑车回家的学生一个个甩在身后，可仍然没看到她。

拐入乡道后，不远处有一条石子小路，从那条小路进去，大约七八百米，就是她家。我下自行车，在树荫下徘徊了好一会儿。小路两旁各有一排高大的老杨树，蝉藏在树冠中肆无忌惮地聒噪着。一边的杨树后面是一圈土夯的围墙，里面是个苹果园，苹果已经开始挂色。另一边的杨树后面是大片的麦田，小麦已经收割，地上是一片惨白的麦茬，闪着暗光，一个戴草帽的老头儿在远处捡麦穗。

我推着自行车，一路走到她家院门口。停好车，摸了摸脸，一层细碎的盐渍，撩起衣襟细细搓一遍，尽可能地将它们掸落，然后敲门。一个中年妇女开了门，她和她长得很像，我确信那正是她的母亲。她正在院子里将晾晒的油菜籽装袋，身后跟着一个七八岁的男孩——他背着一个塑料的孙悟空面具，松紧带挎在脖子上。我这才意识到她不在家，但撤退已来不及，便结结巴巴问她母亲，是不是张素素家，又说我是她同学。她母亲看着我，眼神中那点若有若无的笑意，像极了她的女儿。我接着说："素素说要借给我一本书……我来拿……"

她母亲将我让进客厅间，倒了一杯茶，略带歉意地说："你坐一会儿，素素应该快回来了。"然后出了门。

那男孩留在了客厅里，走来走去，歪着头看我，反复打量，仿佛知道我撒了谎。这情形让我十分窘迫。

"你叫什么名字？"过了一会儿，我终于开腔。

他停下来，沉默了一两秒钟，说："我为什么要告诉你？"

"我是你姐姐的同学。"

"我知道，"他快速将孙悟空面具从身后拉过来，戴在脸上。它在笑，那种玩世不恭的笑。男孩接着说，"你刚才已经说过了。"

正当我不知如何应付时，男孩又说："我姐姐也给别人借书。"

"给谁借？"

"我为什么要告诉你啊？"实际上，即便他不用这种语气，那面具也使他说的每一句话都像在挑衅——即便不是挑衅，也至少有点儿嘲讽的意味。

"是你自己说的。"

"好吧，"他似乎被我说服了，止当我期望他说出一个可能的名字时，他却抖了抖他的面具，"我是美猴王孙悟空，威风不威风，可怕不可怕？"

我本来想顺着他说可怕，但转念又像他那样，说："我为什么要告诉你？"

"那好吧，"我以为他会发飙，与我针锋相对，但他没有，而是接着说，"这是我姐姐给我买的，上次我们去了大鱼池，我们去钓鱼，和一个哥哥一起。"

"大鱼池？哪里的大鱼池？"

"哈哈哈，"那男孩大笑起来，"我为什么要告诉你啊？"说着跑了出去。

我听见他开了院门，便跟出去。他果然正在弄我的自行车，一手抓着车架，一手摇动着脚踏板，后车轮快速转动着，发出呼呼的风声。我冲他喊道："你最好别玩了，小心弄断你的手。"

他像是没听见，依然使劲摇着，过了一会儿才说："我是男子汉，不怕的。我很快就会骑自行车了。"又补充道，"那个哥哥说过，他会教我的。"

"哪个哥哥？"我很疑惑他每次都说哥哥，可我记得张素素只有一个弟弟。

"等我学会自行车，我也可以去住校啦。"

我没再说话，也不期待与男孩对话了。我感到有点儿茫然，这孩子好几次提到的哥哥让我不安，乃至眼皮跳起来。那两扇鲜蓝色的铁制院门，一扇关着，一扇半开着，银色的门环含在铜色的虎口中。院墙遮挡了阳光，阴影投在地上，我们站在其中，多少感到一丝聊胜于无的凉意。

一辆突突响的蓝色三轮车从乡道方向开过来。男孩跑到石子路上，老远就戴好面具，故作镇定地站在那儿，仿佛孙悟空在等待腾云驾雾而来的妖怪。三轮车开过时，扬起一阵灰尘，男孩马上被灰尘吞没。他一边呀呀地大喊着、呸呸地吐着口水，一边冲进那团灰尘，顺着小路向乡道跑去。灰尘逐渐稀薄，男孩的身影慢慢清晰起来。当灰尘差不多消散时，他已经在往回跑了，一边跑一边冲我大喊："喂，我姐姐回来啦！我姐姐回来啦！"

我赶紧推起自行车，往乡道方向走。男孩见我推车出来，停在半路，在一片树荫下跳来跳去，像是在等我。我—— 确切地说是我们，我到男孩身旁时，他跟在我自行车后面走起来，正像一个弟弟（这弟弟也使我成了一个哥哥）——还没到路口，就看到了张素素。

可我愣在那儿了：自行车刚拐进这条小路，孙骥一慌，差点摔倒，他一只脚撑在地上，下了车，有点慌乱。孙骥骑着自行车，带着张素素，她的手或许扶着他的腰，或许没有，我已不能确定。她依然一脸轻柔的微笑，可在看到我的瞬间，那微笑僵住了。但仅仅僵了一两秒钟——很快，他们不再感到不自在，而唯有我还僵在那儿。

"他来找你借书！"男孩喊了一声。

"孙骥自行车坏了，"张素素走到我身边，"所以骑了我的车子。"她依然微笑着。她的微笑那么神秘，又一次瞬间融化了我的心，但像阳光融化苦涩的积雪，我难过极了。

"我一直，在等你。"我感到如鲠在喉。

"他来找你借书，姐！"男孩又喊了一声。张素素看了他一眼，没说话。

"在学校折腾那破自行车，弄来弄去，最终还是没弄好。"孙骥说。

"忘了去校门口跟你说一声，"张素素说，她的语气那么自然，像什么事都没发生一样，"现在正好，你们可以骑一辆车回家了。"她知道我家离孙骥家不远。

孙骥看了看她,又看了看我,说:"这样也好。"

"就不用借我自行车了。"张素素说。

"行,"我生硬地说,"那?"

张素素似乎又一次不安起来,明亮的微笑变得有点迟滞。她看看我,又看看孙骥。

"那走吧,"孙骥说,"也不早了。"

"你不借书了吗?"男孩说。

"奇奇!"张素素呵止了男孩,"不要捣乱!"

这孩子也叫奇奇?我和孙骥的目光撞在了一起。我相信,张素素必然知道孙骥的小名也叫奇奇。那么,他也是一个弟弟,一个捣乱的弟弟?同时也是一个哥哥,一个给了男孩某种幻想的哥哥?我又看了张素素一眼,终于浑身僵硬地推着自行车,继续往前走。

"嗨,我姐姐有书,你不去借了吗?"男孩在我背后喊道。

我转过身去,看到张素素抓着那男孩,要捂他的嘴,男孩挣扎着。看到我转过身,张素素又停下来,冲我笑了一下。我低声说:"下次吧。"我怀疑除我自己之外，这句话是否还有别的人听见。

到与乡道交岔的路口，我停下来，把自行车交给孙骥。他比我高大，比我健壮，也比我帅气。他接过自行车，一脚踩在地上，跨上去，等我上车。他说："走吧。"阳光照在他棱角分明的脸上，使他的皮肤泛起了一点轻微的铜色。

我没有说话，再一次回过头，看到张素素推着她的自行车，男孩在她一侧蹦蹦跳跳，孙悟空面具背在身后。高大的杨树在那条石子路上投下一条一条近乎平行的斜斜的影子，张素素带着她弟弟穿行其间。当他们进入阴影时，几乎看不见，而当他们出了阴影，重新进入阳光，又看见了，像两只鸟正在飞越丛林，时隐时现。张素素没有回头看，一次也没有。

我再回身时，孙骥正看着我，等着我，神情略有一点凝重，好像这样多点耐心就可以抚慰我。我们也曾多次同行，我和他从来没有聊过张素素，他也从来没有和我聊过。但从他的眼神不难知道，他是多么了解我，了解我和张素素的关系，而我却一点也不了解他。我跨上自行车后座，孙骥左脚一蹬，右脚踩一下脚踏板，自行车缓缓动起来。自行车骑得很稳,他的每一个动作,都不带任何情绪。他完全不像我这个上理科班的校园诗人,难以把控自己的情绪。

夕阳在我们身后,乡道两旁的杨树投下黑黑的影子,也像神秘的栅栏,我们——孙骥带着满腔恼怒的我——在其中穿行。我们的影子像某种黏稠的液体,一次次穿透另一种液体栅栏,在交融和分离的两个瞬间,两次撕裂。影子与影子粘连,产生顽固的突起,然后再撕裂。乡道两边是大片被收割过的麦田,一个人都没有,麦田深处的房屋上,冒着袅袅炊烟,恍然如在另一个世界。

"到你家后,还要借一下你的自行车,"孙骥说,"明天再给你送过来。"

"行。"我说。

一阵沉默后,孙骥又说:"其实,挺不想回家。又不能不回。"

我本不想说话,嘴里却发出了声音:"怎么了?"

"家里一摊子事。唉,难说得很。"

我没有再说话。过了一会儿,孙骥接着说,"收麦子前，我爸摔断了腿，一直躺在炕上，没多久，我二姐又和我姐夫打架，跑来住娘家。我姐夫来叫了好几趟，她一口咬定不回去。"停了一下，他又愤愤地说，"不知道都来凑个什么热闹。"

然后便是沉默，仿佛我不回应，他就不会再说什么。我并不在乎，但又仿佛惧怕这凝重的沉默，五六秒钟后才模棱两可地说："多住几天也好。"

"来了都有半年了。"

"这么久。"

"本来想着人家再来叫一次，就跟着回去算了。可人家硬是没再来。要换了是我，也不会再来。"

"那，要怎么办？"

"谁知道。"孙骥叹了一口气，"人家上次来叫，跪在地上求情，我妈冲过去打了一耳光。可是耳光都打了，还不让我二姐回家。"他往后扭扭头，似乎要回头看一眼我的反应，"你说……都不知道她怎么想的。"

"你妈不是身体也不好？"

"就头疼，长期睡不好。七八年了。现在整个脸都是肿的。"他有点咬牙切齿，"可是你打人家干啥，当着那么多人面,而且还在人家下跪的时候?"

"那你二姐呢?"

"成天就带个孩子,在家什么忙都帮不上。和我妈已经吵了好几次。"

"和你妈吵?"

"一点活不干,还要我妈伺候。心里呢,又埋怨我妈破坏了他们夫妻关系。嘴上虽然不说,但谁都看得出来。明摆着。那一次她自己其实是想回去。"

"那你爸呢?"

"我爸要下地干活,还得过一阵子。"他继续说,"前一阵,麦子都是我回家收的,我专门请了假。"我其实想问他爸怎么调解这些事,但也懒得再追问。

我想到,有一次张素素跟我说她很敬佩孙少安那样的人——她说的就是"敬佩"这个词——因为能吃苦耐劳,又说不太喜欢那种饭来张口的公子哥。我明白了,她说的不是孙少安,而是孙骥,孙骥正在凭一己之力撑起一个家庭的事她必然知道,并为此同情他,崇拜他,进而爱他。是这样吗?一种迷雾般的苦涩又一次在我心中浮动起来。

很快到了我家，大门虚掩着，家里没人。我下自行车后，孙骥紧握着自行车把手，说："那我先回去了，明天和我二姐一起送车子过来。"

"进去坐坐吧。"我眼睛盯着地面。

"不了，"孙骥说，"家里还一团糟呢。"

"坐坐吧，"我抬起头盯着他，脖子僵硬，有点偏执地说，"聊聊吧。难道坐一会儿都不行?"我停了一下，刻意让语气缓和些，"反正也不在这么点时间吧。"

孙骥看看我，犹豫了一下，终于说："那好吧。"

进屋后，孙骥坐在高高的炕头上，炕烟门的缝隙里飘出一丝淡淡的青烟，有点儿呛。他微微咳几声，很快就适应了。我坐在门边的一只高凳上。房中靠里面的黑色旧台柜上放着那台黑白电视，旁边团着用来遮盖电视的蓝布。屋内开始昏暗下来，那块蓝布尽管仿佛吸纳了所有光，依然显得冷幽、凝滞，表面浮着一层若有若无的灰白。

"你看，坐一会儿也没关系。"我感到一种莫名其妙的得意。

孙骥看看我，说："嗯。"

"你喝茶吗，"我问，"我给你倒点茶？"但我并没有动。

"不了，稍坐一会儿就回去了。"

接下来是长长的静默。我又想到张素素从自行车后座下来时，那种略显惊慌的神情，那惊慌使她微笑中的明快瞬间荡然无存。那惊慌必然说明一些问题，要不然为什么惊慌呢。孙骥倒始终显得那么镇定，像是什么事也没发生。可越想到他的镇定，我越感到一种东西在我心中鼓动着：他明明知道你和张素素的关系，为什么还要这样做？他和你那么熟，为什么还要这样做？

"你知道吗？"孙骥说，"张明洋被开除了，现在假装上学，其实天天泡网吧。"

我条件反射似的说："是吗？"实际上我几乎没听清他在说什么。

"就星期三的事。可惜了。"他叹了口气。

"怎么回事？"我机械地应付着。

"唉，怎么说呢，"孙骥停下来，看了看我，"都是他姐姐害的，他姐姐刚结婚，和他姐夫看教育片，也让张明洋看了，唉，"又停了一下，"你说这不是害他吗？"

我看了孙骥一眼。他很快明白我没理解他的意思，接着说："看了那些东西，脑子里整天想的都是男男女女那些事儿，还有什么心思学习。整个人都萎靡不振了。"又叹一口气，"唉。"

"那怎么办？"

"还能怎么办，就废了。"

我模模糊糊理解了他的意思，但张明洋的事，我一点儿都不感兴趣。我看着孙骥，他也看着我。我想，孙骥也有姐姐，他也懂那些男男女女的事吗？那么，是不是说，他也和张素素交流过那些会让一个人萎靡不振的事？这个想法让我愤怒起来，我本能地感到，那对张素素是一种玷污，而对我，则是一种耻辱。

我盯着孙骥，非常想问他为什么要和张素素搅在一起，但始终没有说出口。怒火在我心中呼啸着。孙骥避开我的目光，在屋子里扫视了一圈。我紧跟着他的目光，也扫视了一圈，像一只愤怒的猫死死地跟着一只老鼠。中间微微凸起的灰色电视屏幕上，映照着两个变形的黑影，一个在这一角，一个在那一角，它们不安地扭动着。

"为什么。"我含混地说。我感到自己在颤抖。

"摊上这样的事,能怎样。"孙骥说。他是故意的吗,故意以为我在问张明洋的事?我确信,他知道我真正的意思,他那么灵敏,他只是在逃避,他不想在这件事上面对我。但你有本事做却没本事面对吗?

我贴着门一点一点抬起右臂,去抓门上的锁链,那锁链上挂着一块很大的黑色铁锁。我紧紧抓着那把铁锁,颤抖着,像一个虚弱无力的老人抓着一根救命的树枝,不然会摔倒。铁锁和锁链在我手中发出微弱的嘎嘎声。门也在颤抖。我微微回头,看了一眼铁锁,它挂在铁链上。我知道,只要轻轻抬手,就可以将它取下来。这么想着,我发觉自己已经在试着往上抬手。可铁锁被什么卡住了,并没到我手里来。

我依然用力抓着,恨恨地捏着,继续抬手。我僵硬地抬起头,盯视着坐在炕沿上的孙骥。我感到自己的眼睛灼热而干涩,瞳仁在微颤。我一边死死地盯着他,一边继续尝试将铁锁拿下来。他也正在看我,并看到了我的手。我看到他眼中充满慌乱。他不再镇定了。

"你,你在吧,"声音有点喑哑,孙骥说,"我,我得走了。"

我是被儿子喊醒的。小家伙站在房门旁,用什么东西一边咣咣地砸着门,一边喊我。我迷迷糊糊爬起来,意识还沉浸在一种无法自制的难过中。在刚才的梦中,我古怪又滑稽地拿着一把绿色大锁,在路上等张素素,但她和孙骥在一起,她挽着他的胳膊,像恋人那样自然,脸上依然带着轻柔的微笑,看到我,远远就说:"我们走了啊。"

清醒了两三秒钟后,我才注意到儿子手里抓着一把笨重的铁锁。睡觉前我并没有注意到,现在看到儿子将它拿在手里,刚从梦中拿出来一样,令人惊异。我想起来,这门正是当年那扇,老房子翻修时,父亲将它挪到这里,只是重新上了漆。难道那把锁一直挂在门上,一直没被打开,也没被取下来过?

"爸爸,你说过带我去玩的,什么时候去啊?"

"已经四点多了,"我看了一眼手机,"马上要吃晚饭了,明天吧,明天爸爸不睡觉,等你午觉睡醒,我们就去。"

"那我们去哪里呢？"

"我们去看太阳池吧。"我不假思索说。

"太阳掉进池里了吗？"

"不是，太阳怎么会掉进池里。"

"那为什么叫太阳池？"

"只是个名字，叫太阳池。"我知道小家伙还会纠缠，又说，"明天一看就知道了。"

吃晚饭时，我问父亲："那块锁，还是以前那个？"父亲愣了一下，问我哪个锁。我说就是我房间门上那个。

"那个啊，"父亲恍然大悟似的说，"你不说我都忘了，有可能，我记得以前老房子时，把钥匙给丢了，一直就挂在那里。"

"不是，那是新的，"母亲说，"钥匙丢了，你又配了一个钥匙，后来太老了，卡得不行，锁不上，我说你去买个新的，你忘了？"

听母亲这么说，父亲先微微愣了一下，接着说："哪里呀？我就没买过新锁。"

"你还不信，"母亲说着站起身来，"我拿过来你看。"起身去一旁的条桌上拿了一串钥匙，出了院子，很快打开那把锁，拿了进来。

"哇，奶奶赢啦！"小家伙大叫起来。

"忘得死死的了，"父亲拍拍额头，又说，"忘得死死的了。"

"爷爷，你干吗要打自己的头？"小家伙问。

"诧诧，爷爷不是打自己，只是拍拍脑袋。"朱青梅说。

"可是为什么要拍拍脑袋呢？"

"爷爷太笨了，敲敲脑袋，就会有办法了。"父亲说，"像一休那样。"

"什么是一休啊？"

"诧诧，一休是个聪明的小和尚，"朱青梅赶紧阻止这个可能会没完没了的问答，"你要赶紧吃饭，吃完饭，妈妈打开电脑，找一休给你看。"

没吃几口饭，儿子嚷着要看一休。朱青梅放下碗筷，看看他，又愤然盯我一眼。我看她一眼，对儿子说："爸爸带你去吧？"朱青梅冷冷地说："还是我去吧，"又对儿子说，"诧诧，再等两分钟，妈妈要先吃完饭。"

母亲嫌弃地看父亲一眼，父亲看看母亲，看看我，又看看朱青梅，讪讪地说："哎呀，都是我多嘴，说什么一休。"

"爷爷不多嘴，我就是要找一休。"小家伙理直气壮的样子。

"没事没事，小孩子就这样。"朱青梅赶紧笑一笑，"多知道点东西是好事。"

"多知道点东西是好事。"小家伙重复一遍，惹得大家笑起来。

朱青梅带走孩子后，我装作不经意的样子说："昨天早上碰到孙家我姑父了。"中午那张稿纸，让我想起昨天早晨见到孙骥他父亲的情形，我想问问父亲和母亲，也许他们知道孙骥的一些情况——而从这些事中，或许多少能知道一些张素素的消息。

"你哪个姑父？"父亲停下咀嚼，"孙骥他爸？"

"嗯。"我说。

"在哪儿碰上的？"母亲正在收拾孩子撒在桌上的菜。

"就在门口路上，架子车拉着两袋小麦，说是要去磨面。到我面前停下来。我都没认出来，头发全白了，黑瘦黑瘦，眼窝又深。他认出了我，叫我名字，我才想起来是谁。"

"说啥没？"母亲问。

"也没说啥。我问孙骥放假了没有，他愣在那儿，呆看了我一会儿。"

"你不该这么问。"父亲放下了筷子。

"咋说？"母亲问。

"怎么了？"我疑惑地看看父亲，又回应母亲的话，"他说还没，说完一声不响拉着架子车走了。"

"孙骥伤了。"父亲说。

"伤了哪里？"

"伤了。"父亲重复了一遍。

"唉，人呀，真是难说。"母亲叹息着，"好好一个小伙子，就那么没了。都两年多了。你那姑姑和姑父当时哭得人都变形了。恓惶得很。"

母亲的话像一阵惊雷，从我脑海中滚过，我这才意识到父亲说伤了是什么意思。我拿筷子的手颤抖起来，放下筷子，也放下了还没吃完的半个馒头。

那年高考，我没考好，听说孙骥和张素素考得更差，只上了个专科学校。大学时听说孙骥和张素素还在一起，除此便再无消息。母亲后来几次说起孙骥，我都没接话。没想到第一次主动打听，竟然是这样的结果。而更让我惊讶的是，还不到一分钟，孙骥之死带给我的震惊似乎已完全消退，我脑子里盘旋的全是张素素，仿佛孙骥不是一个我认识的人，而只是一个毫无重量的名字。在我心中翻腾的念头是：孙骥走了，张素素该怎么办？她要如何面对这一切，如何面对生活的坍塌？

"留下个孩子，那媳妇自己带着，一直在市里。"母亲继续说，"有时候也回来转一圈，当天回当天走。你姑姑和姑父有时候也去市里看孙子，当天去当天回。起初去一次，回来就哭一次，几天缓不过神来。现在好多了。"

这么说，意味着她没有再嫁？是因为没遇到合适的人？是因为孩子？还是因为她对孙骥一往情深？又一次，这可能的理由使我隐隐焦躁起来，我意识到了藏在它背后的隐秘的嫉妒，它像老鼠自带麻醉效果的牙齿，隐隐撕咬我，使我那么不希望张素素选择现状是出于最后一个原因。可即便那仅仅是一种可能性，也仍然让我心神不宁。多少年了，每当和朱青梅有什么不愉快，我总会禁不住想：要是和张素素在一起，可能就不会这样。尽管我深知这十分荒唐。

"那媳妇挺不错，还回来。"父亲像在自言自语。

我沉浸在那种连自己也感到惊讶的奇怪又冷漠的情绪中，没有接话。屋子里一片沉默。过了好一会儿，父亲说："吃饭吧，不吃就收掉算了。都凉透了。"

我这才接着问："是怎么回事？"

"听人说是什么抑郁病，"母亲说，"总是想不开。有一次媳妇下班晚，回家后，他嫌媳妇回来晚，怀疑外面有人，大吵大闹，话赶话，拿起一把锁，把媳妇头给砸破了。那媳妇娘家都是当官的，连他丈母娘都在银行还是邮局当领导，你想想。"母亲语气里充满了某种仰视的歆羡，顿了一下又说，"最后，他那丈母娘非不行，"母亲咬着牙，"家里的事，报了警，你说说。"

"他们不是在市里吗？"我的意思是他们住在楼房里，怎么会有铁锁。

"是啊，前些年买了房子，孩子都五六岁了，可惜了。"

"楼房里，哪儿来的铁锁？"我说。

"说是以前出去旅行，在哪个寺庙里买的纪念品。"父亲说。

"后来呢？"我接着问。

"警察来了，转了一圈，也没怎么样，人都好好的，就走了。"母亲说，"警察走都走了，那孩子，你说，就跳了楼，就在当天晚上。嘭的一声，说全小区的人都听见了。"

"这么大的人了，怎么都不经事？又是公务员又是教师，多好啊。"父亲说。

"松明，你知道啥是抑郁病？"母亲问我。

"就是一种病，"我情绪十分低沉，"挺复杂。"

"就没药能治？"

"有药，有时候药也不管用。"

"孙骥那个丈母娘，诶，真不是个东西。"母亲愤愤地说。

"也不能怪人家，"父亲说，"现在年轻人工作压力太大。"

母亲爱憎分明,她显然是要为孙骥鸣不平的。她的话让我又一次想起了张素素的母亲,她和她女儿那么像,就连面对一个陌生的敲门少年时挂在脸上的微笑都那么像,声音轻柔,随意说出一句话,都像在安慰人。但某个瞬间,我隐约感到一种模糊却深沉的不安,总觉得哪里不对劲,并感到些微的颓丧。

从下午到晚上,脑子里全是孙骥和张素素的事,我终于意识到那不对劲是什么了——是我对孙骥之死的冷漠,是那种隐秘而幽微的不道德。而尤其令人不安的是,我意识到,那种冷漠如泉水一样,自然而然从我心中流淌出来。

第二天阳光依然很好,天空一片瓦蓝。下午不到两点钟,儿子午觉就醒了,一醒来,马上爬起来对我说:"爸爸,我们现在就出发吧?"我们一家三口开车出门。一路上,小家伙始终兴奋不已,喃喃自语般唱道:"太阳池,太阳池,太阳一样的太阳池。"驶入乡道后,我问朱青梅要不要拐进路边的村子去转转。朱青梅疑惑地看了看我,没说话。我直直腰,说以前上学偶尔会走这条路。朱青梅犹豫了一下,说:"你要是想转的话,那就转转吧。"勉强又冷淡。

右转，车子进入了一条柏油小路，路两边各有一排高大的老杨树，叶片尽落，光秃秃的，在微微的寒风中瑟缩着。左边还是那一大片麦田，冬小麦在阳光下一片墨绿。右边的果园早没了，变成了一片塑料大棚，上面盖着整齐的草帘子，只不过都一捆一捆地卷了起来，露出白色的塑料棚布。

经过第一个院子时，我放缓车速。还是那蓝色的铁门，还是那两个铜色的虎头，嘴里衔着黑灰色的门环。门上油漆斑斑驳驳，蓝色早已发白，像敷了一层土灰，两个铜色的虎头也早已黯淡如顽石。两扇门都紧闭着，但屋顶的烟囱中还冒着丝丝青烟。"那，"我抬抬下巴，像要说我把车开到这儿没什么特别理由，"我一个高中同学家。"我意识到自己神态不大自然。我暗暗希望能在这儿看到张素素，同时心又砰砰乱跳，生怕张素素出现在门口，看到我。

朱青梅看了看我，说："哦，想见老同学啊，那就打个电话呗。"那语调听上去怪怪的。我心里有点慌张，仿佛心思全被她看穿了，而随即又感到一丝愤懑——从她的话里我听出了嘲弄。我含含糊糊说算了，轰一脚油门，车子加速向前。其实我清楚，我那点小心思又怎会瞒得过朱青梅，我说开进村子转转时，她已全然明白，只是到了这个年纪，一些事无需说穿而已。

从这条小路绕出去，四五分钟后便能看到太阳池了。在路边一片宽敞的荒地上停了车，我对儿子说："讬讬，看到了吗？"孩子顾不上回话，高兴地跳下车，跑了过去。朱青梅赶紧下车追过去，跟在孩子身后喊着："讬讬，你跑慢点！"

路边是一面悬崖，悬崖下是延宕的沟壑。闪耀着点点光斑的太阳池远远的，倾斜着停泊在沟壑深处，像是要在某一刻竖立起来。沟壑，沟壑中的山峁，山峁上微黑的杏树，以及沟壑边上矮矮的红瓦房，在太阳池那绿光闪耀的衬托下，显得灰暗而渺小。

朱青梅抓着儿子的手，站在悬崖边上。儿子没戴帽子，微黄的头发在风中柔软地浮动着。我倚着车门站了一会儿，看着他们的背影，好几次，感到深深的沮丧。风大起来了，卷着阵阵沙尘从我身旁刮过。这时候，我感到某种惊心的危险穿透了我，仿佛风中有个隐形人，在下一秒钟就会将朱青梅和儿子推下悬崖。我本能地跑过去，从侧面抓住妻子的手，将她和孩子往后拉了拉。

"哇，好壮观呀！"儿子感叹着。

"这是我们这儿最大的天然水坝。"我对朱青梅说。

"嗯，还挺漂亮。"

"爸爸，妈妈，你看，"儿子兴奋地喊，"一条鱼，你们看，像不像一条绿色大鱼！"

沟壑里的那片水域，太阳照不到的地方一片碧绿，沟壑凌厉地切割着水面的左侧，山崖参差的幽暗阴影，则暧昧不清地切割着水面的右侧。这切割确实造出了一个鱼形。一条碧玉般的大鱼，停在荒凉又深阔的沟壑间，温润又幽冷，清晰又迷蒙，仿佛某种遥远的旧物，经历过美好也经历过不祥的旧物。我心中微微一怔，又想起孙骥之死来，那模糊的不安再次出现，我再次隐约意识到，它十分深远，正像脚下这些嵌在黄土高原上的灰色沟壑，延绵无尽，又不知所来。

还乡

这是我一位堂外公的故事,他分几次讲给我听,然十分粗疏。故事的多数细节乃至一些枝干,都源于我的想象。我毕竟未曾参与,因以第三人称讲述。献给他老人家,聊致以晚辈的敬意。

——甘松明

1

两株中等大小的茂盛的柏树,像墨绿的火焰跃动在一片新绿的麦野中。坟夹在柏树中间。灰色的阴云低垂在半空,干净得如同洗过。柏树旁掠过几只大鸟,是喜鹊还是老鸦，看不太清楚。四下里一派静穆。

海述在一棵因晨露而越发湿黑的老杏树下远望了许久，心想，要能像这样就挺好。他想起了刚在院子里怎样都想不起的那个梦，二哥模糊得像一团瘦影，乡音却清晰无比，指着金黄的麦野说："这大片的麦子，你看看，看着就心里踏实！"显然，二哥会满意这样的安排。这是他能想到的最好的安置方式，从定西返回的路上，他大略给东贵说过。但后来他没再过问，他们都快六十岁了，事情该知道怎么做。他们也没主动说起。

东明在院里喊他，海述看一眼手表，便返身回院。十点二十多，是该吃饭了。安灵仪式安排在中午，吃完饭，时间也差不多了。二哥魂归故里，他多年的心愿就算了却了。这一年多来，外出时不觉得，可每次返回哈尔滨，都明显感到身心疲惫，他知道那意味着回西北老家的机会正在退潮般减少，毕竟已七十六岁，力不从心了。

到院里，他问东明麦野中那座有着两株柏树的坟是谁的，东明微微一怔，随即意识到他在问什么，有点僵硬地避开他的目光，盯着地面，潦草地说："一时给忘了。"东明问他要不要换双鞋、换条裤子，他这才发现鞋子和裤脚都被露水打湿了。他拒绝了。他心里想的是，那么大一片麦野就两株柏树，怎么会不知道是谁家的。

十一点过后，亲戚陆续来了，除同村或邻村的本家，主要是海家外嫁的各辈女儿，大都五六十岁，甚至更老，留守老家，带孙子孙女。进了东明家院子，他们首先恭敬地问候海述，招呼孩子们喊他舅太爷或外太爷。他象征性地摸摸孩子们的头，嘴里说真好真好。他本该是海家的一个老主人，却因一辈子在外打拼，倒成了比客人更像客人的一个。这中间有种微妙的尴尬，海述早已习惯，大概也能承受。

来人一多，加上孩子们跑来跑去，屋里坐不下，干脆出来围坐在院子里。天阴沉沉的，但一点不冷。每有亲戚来，张秀珍都满脸堆笑地招呼着，从屋里端出大大小小的椅子、凳子、条凳，请客人落座，再倒一杯热气腾腾的大红袍茶，笑盈盈递过去。她的贤惠亲戚们无人不知，都很赞赏。不知因为兴奋还是烦扰，拴在院门口的老黄狗一直在狺狺吠鸣，来回走动，时不时抖动身子，铁链子摇得哗哗响。

东贵往院门口看了几次，说："瓜怂狗，贼娃子来了一声不吭，今儿来的都是亲戚，倒叫得欢。"东明翻着浑浊的眼睛看他一眼，出门去挡狗，好长时间没再进来，狗也不叫了。东贵说去年腊月的一个晚上，贼偷走了东明养的两头羊，那狗一声没吭。海述之前听东明说过，羊是养来给母亲喝羊奶的。"我大妈的羊奶，就这样子悄咪咪没了。"这事东贵是当笑话讲的，为了让自己显得幽默些，用了他在南方务工时学的玩笑口吻。

"狗是给那贼怂投毒了，"坐在一旁的曹喜月忽然说，大家都知道她耳背，有时脑子也糊涂，可她总能时不时听清几句，"东明大清早一开门，看到大黄狗卧在那里喘气，一嘴白沫，赶紧打电话叫海松松来，又是灌汤又是打针，折腾整整一早上，花了一百多。"

"那现在，就是留了后遗症，傻了，这样子总是叫。"海会附和，样子有点兴奋，见没人说话，他又说，"这狗都有十一二年了吧？唉，到遭罪的时候了。我记得还是向阳大学毕业那年，从西安捉回来的，刚捉回家就像个猫娃子那么大。"一双黑瘦的枯手比划着。海述心里生出些厌烦，没好气地乜了海会一眼。海会在堂兄弟中排行十四，小时候患病瘸了腿，打了一辈子光棍，头脑简单，总说些不合时宜的话。早上他来得最早，一进门便问向丽："向阳怎么没回来？"向丽说弟弟有事回不来，他又追问："啥事，能比这重要？"东明马上沉下脸。一时难堪，谁也不知说什么好。海述只好解围，说年轻人就应该以工作为重，这种纪念性的事，回不回来没关系。

向阳自小念书好，是家族好几茬孩子的榜样，考了名牌大学，可谁想得到大学最后念成那样，毕业后正经工作不干，在什么补习班三天打鱼两天晒网教奥数，还跟个理发馆的姑娘混在一起谈对象。有一年春节把那姑娘带回家，东明黑着脸，连家门都没让进，还说狠话，让他也别再回这个家。张秀珍后来在电话里哭哭啼啼下话，不知费了多少口舌，加上向丽又在西安劝说，第三年过年才终于回来一次，只待两天就走了。

这事海述大略知道，去定西的路上，东贵又说过一遍，说完叹气："自己作孽。整天皱着眉头，像谁白吃了他家馍馍。太老封建，现在都什么年代了，理发馆姑娘怎么了？现在向阳不回家、不结婚，能怪谁呢？"海述只说："这孩子。唉。"确实，倒是当初高三复读两年才考个专科的向博，偶尔还打电话问候海述，他当年那么器重并尽力勉励和照顾的向阳，则好几年全无音讯。向博上的学校不好，但人活络，毕业后做房产销售，拼了几年，很快有了起色，现在杭州按揭了一套房，婚也结了，还把东贵两口子接过去。之前去定西，东贵就是从杭州过去的。

那天一早，他一碗小米粥还没喝完，老脱从兰州打来电话，兴奋地说总算找到了，档案里记载，说他二哥死在定西大草滩乡的马家川，是他妻侄托人在省档案馆查到的。海述高兴得心怦怦直跳，挂了老脱电话，当即给东贵拨过去，东贵谢天谢地，最后哽咽着说："多亏五大了，要不是你老人家，我爸就，就，真的就是孤魂野鬼了。"

亲戚差不多到齐后，海述说："那就开始吧，下午还要给大嫂贺寿。"灵土供在院东面的一间房里。东贵开了门，大家才看到，红布包成圆圆的一疙瘩，放在一张油漆斑驳的绿方桌上。红布包前放着一只碗,盛满小米,插着三炷快要燃尽的香。旁边两只小碟子里,分别放着三个包子和三个苹果,简简单单。再旁边是一叠裁成方形的白纸,几把香,还有一只水红色塑料打火机。海述说:"拜吧,拜完安置了,简单举行个追思会,就行了。"

海述要第一个跪拜,但看看地面,迟疑起来。东贵让他等一下,说着出了门,一会儿提着一条黑毛麻袋进来,叠成三折,放在灵桌前,扶着海述跪下,把要烧的纸递到他手里,再点燃。蓝色的火焰在静默中扭动着。待纸钱燃尽,海述弯腰磕头,然后起身,郑重地作三个揖。他起身后,是海英、海会等,再是海东贵、海东明他们,然后是更小的一辈。跪拜完毕,人群分列两侧,东贵神情庄重地双手捧起灵土包,抱在胸前,缓缓出门。东明拿起桌上那沓白纸、香和打火机,跟在后面。海述和其他人跟在更后面。大人们一再禁止孩子出声,可依然不时听到他们兴奋的咯咯笑声。

他们来到院子侧面的一片薄地里,地埂外便是鸡飞狗跳的村路。东贵说:"就这儿。"海述没想到会在这里，有点纳闷，不明白他们打算怎么办，迟疑了三两秒钟，还是忍不住问东明和东贵："就这儿？"东明看一眼东贵，没说话，东贵脸上泛起一点愠怒神色，说："就这儿吧。"声音不大，却显然有些赌气和不耐烦。海述翕动几下嘴唇，涌上喉咙的责问又强咽进肚子里。在二哥迁灵回乡这件事上，他或许用心太切了，所以最近好几次想动怒。但他抑制住了，他知道这超出了一个堂弟的本分。这样就这样吧，他们都六十岁的人了，加上有这么多亲戚在，怎么好说。

东贵裤兜里的手机响了，震动几下，唱起了节奏热闹的《山丹丹开花红艳艳》。东贵使眼色，让东明帮他接电话。东明瞥他一眼，不为所动。东贵急了："你帮我接一下电话啊！"东明说："你自己不能接？"东贵咬牙切齿："你不看看我手里抱着什么！"东明这才一脸不悦地走过去，从东贵裤兜里掏出手机。接完电话，东明对海述说："把我八爷忘了。东良的电话，说要开车带我八爷过来，要咱们等一等。"海述说："那是得等。"

东贵依然双手抱着他父亲的灵土，庄重地站着，那点恼怒的余味还挂在脸上。张秀珍本来和东霞紧紧地搀着曹喜月，现在要等，就回院子里端出一把靠背椅来，放在地头，扶曹喜月坐上去。老太太戴着一顶黑色的毛线帽，银白的头发从中露出不少，皱纹纵横，皮肤黑黄，还像在院子里那样不声不响，脸上一层淡淡的悲哀神色。亲戚们一撮一撮站着，尽量保持平和，不悲戚，也不说笑，偶尔聊一两句家常，掩饰无声的尴尬。

这是一片秋地，留着开春种玉米或豆子，时候不到，暂时还空着。地埂上有两棵大杏树，新叶已经有麻钱那般大小，杏花早已开败，地里还能看到杏花败落的褐色残梗，密匝匝一层。看来今年杏子少不了。地里不少杂草，由于是阴天，虽已过中午，草叶上还挂着些露水，打湿了人们的鞋和裤脚。地埂外就是村路，一年四季人来车往，不清静，也不开阔。海述多少有点懊丧，懊丧自己没早些过问，如今已无法干涉。

为找二哥下落，他费了很大周折。一开始托人打听定西还记得这件事的在世老人，但两三年过去，没任何结果。同学老脱说："你这样找，就真真是大海捞针么。"老脱主动帮忙查档案，最后还真找到了。和东贵约好在兰州汇合，可到了兰州，东贵什么都没准备，连那块包灵土的红布还是老脱临时帮忙找的。他有点惊讶。老脱说："你们这样咋行，就这，找到了也接不回去呀。"好在到了马家川，东贵还算积极，态度虔诚，冲着那学校后面的小山头，跪在一根电线杆旁磕头，说："爸呀，多亏我五大，才终于找到你咯。六十多年了，你一个人在外面受苦。今儿终于可以接你老人家回家咯。"

八叔海长让终于来了，他孙子东良搀着，快步走过来。东良人高马大，身材魁梧，猛看过去，哪里是搀，简直是提溜着这个面目干瘪的瘦小老头。"哎呀呀，五大啊，我爷耽搁时间了，真是不好意思。"东良老远说。海长让头发蓬乱，胡子拉碴，都四月了，身上还套着那件多年来快旧成灰色的军绿色大棉服，松松垮垮。

"这我得来么，我得来。"到人群近前，海长让哆哆嗦嗦说，"寿娃回家，这是大事，我得来。我无论如何都要来。"老头反复嘟囔着，像有人不允许他来参加这个仪式似的。海述走过去，轻轻拍了拍海长让拄着拐杖的一只手，说："你老人家是要参加，大家都等着你老人家呢。"这样简单说几句之后，海述吩咐东贵开始。

东贵看看他，又看看其他人，说："那我就撒吧？"又解释说，"我打听过，不少人就这么处理的。"海述努着头，没看东贵，也没再说话。

东贵解开红布包，开始撒里面包着的细土，像撒种子或化肥一样。海述好几次觉得，自己得下点力气，才能将责备和不快压在心里。他想过多少遍，至少买一两株柏树，找块开阔些的地方，挖个坑，将灵土包整个儿埋进去，栽上柏树。那样，就算再过几十年，也知道灵土埋在哪儿，也方便儿孙纪念。现在这么草草一撒，大老远接回来又有什么用？东贵还特意从杭州做保洁的医院请假回来，早知这样还不如不回。可毕竟东贵才是二哥的儿子。他想起女儿海岚说他的话，"你呀，一辈子，就爱多管闲事。"

海述和东明先跪在地上，东贵撒完灵土，过来跪在他身旁，别的亲戚跪在后面，孩子们跪在大人中间。曹喜月还坐在椅子上，她是大嫂，无需跪下。海长让也拄着拐杖站在一旁，他是长辈，更无需下跪。除了村路上几只咕咕叫的母鸡，四下里一片静默。东明拢了一堆松土，将三炷点燃的香插上去，东贵开始烧纸。海述说：

"二哥，阔别故乡近一个甲子，如今你终于魂归故里……无论如何，就算安息了。"他本来还想说些什么，既是说给二哥在天之灵，也是说给在场的亲人亲戚，可忽然一阵倦怠漫过，不想说了。东贵看一眼海述，接着他的话，说："爸，你能回家，多亏我五大，现在家里都挺好。你看今儿这么多人都来给你搬家，你就安息吧。"说着从衣兜里掏出一小瓶酒，拧开，颤着手奠在地上，"爸，这是向博专门给你买的，茅台，可是全国名酒，你尝尝。"奠完酒又掏出几片饼干，撕成碎片，撒在周围的地里，也说是向博买的。

仪式结束后，亲戚们从地里站起来，开始说话，都说这仪式好。他们边说话边弯腰拍裤腿上的土，由于有潮气，拍不掉，个个膝盖上留下两个眼睛似的土痕。孩子们又开始喊叫欢笑着，追赶打闹起来。

2

亲戚们进了院子，在屋里听八叔海长让追思往事。他枯瘦的身体裹在那宽大的灰绿色棉服中，甜瓜般尖尖瘦瘦的脑袋上顶着一头乱蓬蓬的稀疏白发，声音衰弱，语气急切，说着说着就眼泪巴巴。海述是主持，可他的注意力总时不时跳脱出来，为刚才的灵土安葬太草率而倍觉遗憾，乃至感到些难过。让二哥魂归故里，海述惦记了许多年，也始终视为自己对家族的责任，如今终于接回来了，却搞成这样。

二哥大名海寿，比八叔海长让低了辈分，却大八叔五岁，活着的话该八十四了。那年秋季，他俩结伴，一起去陇西搞建设，离家时东贵还不足两岁。说是一年能完工，可去了不到五个月，便传来二哥身亡的噩耗。第二年春上，不满二十岁的八叔只身一人落落寞寞回家来，自此开始了他在家族里一辈子抬不起头的漫长岁月。这些事亲戚们大都知道，今天八叔再讲，仅仅是一种追思，让晚辈们知道些前人事迹，这是一个家族的根。海述大学毕业后分配到哈尔滨，大半辈子身在遥远的东北异乡，还是头一次听八叔亲口说当年的事。他多少感到些惊讶，五六十年前的事了，一些细节竟被这个印象中窝窝囊囊也没什么特别的八叔讲得惟妙惟肖，让人如临其境。

"……那时候太饿了,饿得成年累月梦都做不成,那天晚上,就是发现寿娃不见了的第二天晚上,我竟然做了个梦。我就想,肯定是寿娃托的梦。梦里月亮明光光,四野蓝幽幽,洮河在不远处吼吼地淌着。我给那狗日的坏东西队长用冰草绳反手绑在一指头粗的洋槐树上,冷得骨头都在打战,像要碎成渣。一恍惚,听到寿娃在喊我,声音压得很轻,八大八大。我心里一惊,他们说寿娃跑了,看来寿娃真的跑了,趁晚上他们睡觉又回来叫我。我高兴,心想赶紧过去找寿娃,赶快一起逃,谁都知道留在那烂地方,肯定会活活饿死。日他妈,一走走不动,才知道给绑在洋槐树上。我反着手解草绳,可怎么都解不开,也弄不断,急得一身冷汗。手被洋槐刺扎了好几下,木登登的疼。

"寿娃就在对面山头上,背着褡裢,黑楞楞站在山头上。我能看清他蓝幽幽的圆眼睛,像夜里的牛眼睛一样,看不到一点点眼白,颤巍巍地盯着我看。我着急得不得了,心说,你过来帮我一把啊,你看不见我绑在洋槐树上吗。我想喊他又不敢喊,单怕惊动了其他人,那样的话,我和寿娃就得吃不了兜着走。就是那时候,我看见山峁峁上，几只刺毛海垢的豺狼，有牛那么大，但瘦得只剩下了骨架子，呲着牙向寿娃凑过来，像恶鬼一样。

"这样一吓，惊醒了，发现自己确实还给绑在一棵老杏树上，一身冷汗。我赶紧扭头看工地对面的山，黑幽幽的，啥都看不清，四周除了吼吼的洮河水流声，就是呜呜的西北风。我难过得不得了，心想无论如何我都该在梦里喊一声，我不喊，寿娃肯定就……"八叔停下来，用皱巴巴的手背抹了一把眼泪，"我难过啊，难过得，这心就像秋里的烂核桃皮，稀巴烂，我，"又停下来，右手捂在胸口上，哽咽一阵，"天亮后松了绑，我去找队长，我说我感觉不妙得很，寿娃可能出事了。那狗日的坏东西歪着嘴，斜呲着一口黄牙，日弄我，说你感觉不妙得很？你们这些狗日的黑五类，早就不妙了。我压着心里的火，说了我做的梦，说想去对面的山窝窝里找一找。

"最后同意了。前一天去搬檩子嘛，确实路过了那个山口口。我去找，走了没几步，队长带着其他人追上来，在后面喊，说你等上我们，等找到狗日的海寿，剥了他的皮。他是怕我借机逃跑，跟来监视。日他妈，那时候谁有力气啊，怎么逃？荒山野岭的，逃出去就是喂狼。到了工地对面的山口口，绕到山口背后，果不其然，很快就，就，"八叔的眼泪又一次流下来，他不得不再次停下，一手笼在额头上，"就，就，只剩些血丝丝的白骨头了……"

八叔的抽噎声，让屋内的空气变得稀薄，让原本的寂然更寂然了。海述小吃了一惊，他这才第一次知道二哥竟然是被狼吃掉的。他直起身子，本能地瞪大眼睛看着八叔，心怦怦跳，脑海中影影绰绰浮现出二哥被几匹老狼包围然后撕碎的情形，在寒风呼啸的幽暗山野中，一切都发生得无声无息。在这有些恍惚的想象中，他扫了一眼别的亲戚，他们多数神情悲伤，半垂着双眼，那样子像是为了不让自己哭出来，但他们看上去并不惊讶。海述倒没有想哭的感觉，只是因为猛吃一惊，瞬间胸闷得难受。

"那狗日的队长，"八叔又开腔了，"真是没有人性，没一点良心啊，都这样了，还当众宣布说寿娃是因为逃跑不成，被野狼给撕了。我日他妈，人都死了，还要给背上个坏名声。我二话不说扑过去,想把那狗日的当场弄死,我想,弄死了大不了我日他妈去吃枪子。最后其他人过来挡住了。"

八叔这次停下来,没再接着说下去。过了好一会儿,海述意识到他讲完了,才说:"八大,你老人家喝点水,讲了这么长时间,休息一下。"他说完也停下来,大家都安静地坐着,默然消化往事的悲凉。东明提着暖壶,挨个儿给亲戚们的茶杯里续了热水。

海述本来要说没想到二哥是这么死的,转念又把话咽掉,他怕惹大家伤心,再说,那时候狼吃人的事没少听说,不值得大惊小怪。海述说:"这次找到二哥,是兰州一个老同学老脱帮的忙。他姑爷的哥哥在省档案馆工作,查到了档案。档案里说,二哥殁的时候二十五岁,死亡原因那一栏,写的是胃病。那队长说二哥因为逃跑死于非命,我想,他就是为了吓唬别的人不要逃跑,嘴上那么一说。"顿了一下,"我听老脱说,从档案上看,我们县里那次总共死了十七八个人,都是胃病。也不奇怪,没吃的,容易害胃病。我意思是说,至少档案上没说二哥逃跑。这就行了。"

"就是饿死了。"一直默然坐在炕角的曹喜月说话了,声音有点沙哑,有点幽暗,听上去像源自某个古旧遥远的地方,"那一年,快过年了,接到公社通知,说东贵他爸殁了,也是说得了胃病。就是饿死了。那时候哪里不饿死几个人。是腊月二十二,一大早,清风噶啦,大队来了两个干部,在外面咣咣咣敲门,我开的门。都认识,就直接让我跟东贵他妈说,海寿殁了,在工地上饿死了。我思维了两三天不知道咋说,那时候东贵刚刚过了两岁。第三天,不知道东贵他妈从哪儿听说了消息,偷偷哭了四五天,人都变了形。我也不知道咋劝说,又怕她那样子吓着东贵,就把东贵抱到我窑里。还是东明他爸说话起了作用,哭得不行,你不说狠话没办法。东明他爸说,现在情况这么紧张,你哭就是浪费粮食,死人哭不活,东贵还要吃饭呢,哭有啥用。东贵他妈才不哭了。

"老天爷也是狠心。那一年秋天形势不好,我们一家了都躲到沟边的破窑里去了,还是给追过来,抽走两个劳力。先说是八大和东明他爸去,可那一年我怀着东梅,大肚子,东明才三岁半。东贵他爸说,他替他哥去。都没当回事，心想这样去干活，至少有口饭吃，就算受苦，干几个月，最多一年，也就回来了。谁想得到最后是那样，没回得来。"

海述又吃一惊，他从来不知道二哥是替大哥去的定西。东贵这时抬起头来，瞥了一眼东明，但东明坐在一只小凳上，十指交叉，胳膊肘抵在膝盖上，努着头，始终看着地面，面目十分凝重，像一团随时会滴雨的阴云。但无论是东明脸上还是东贵脸上，海述依然没看到一丝震惊。他禁不住心想，老家的许多事，大概只有他这个异乡人不知道。这么一想，心中又多了些意味纷杂的惆怅和伤感。

"最最坏的是，东贵他爸都殁了，过了年，还硬要东明他爸去劳改。东明他爸去的是灵武。临走前再三说，好好养活东贵，寿娃殁了，东贵是他的独苗。我知道，我怎么会不知道。东明他爸走的时候，嘴上说顶多一年，但谁都能从那眼睛里看出来，他早没指望了。东贵都那样了，在外面会发生什么事，谁知道。后来真的没回来。"大嫂叹了口气，停顿了一会儿，但并没有像八叔那样抹眼泪，"最困难的，是第二年冬里，"又停下来，微微哽咽一下，随即恢复了平静，自言自语一般，声音细弱，几乎听不清了，"青黄不接，东梅饿死了，才一岁两个月。东贵他妈就是那时候走的。有啥办法。没办法。"

这时，八叔又说话了："我三哥一辈子对我怨恨在心，我理解，"顿了一下，"刚从定西回来，我心说，寿娃又不是我杀了的，怨我有啥用。后来我理解他老人家了。我三哥两个儿子，一下子都没了。一下子都没了啊。谁能接受。实际，"他停下来，一手撑着额头，过了好一会儿才说，"寿娃出事后，过了十来天，工地上就听说了。工地八九里外有个地方叫枣树洼，那儿几个人被抓去枪毙，说是饿得不行，抢了公社下乡的一个干事。那干事下乡，天快黑时回公社，那些人躲在山峁峁后面，跳出来一顿乱棍，抢了干粮。最后连人都……"又是长长的停顿，"这事是队长讲的，原来以为他是在吓唬我们，后来我思想，不是吓我们，话没说完，他自己脸都吓绿了，你说说。那些天，我脑子里都是寿娃，憋闷得头疼。我去他窝铺看了好几回，只有一双黄胶鞋压在草席下面，破得没样子了。我就想，要是，要是……我都不敢想。后来，有人背后悄悄说，寿娃就是那天搬檩子，落在后面遭了贼人。那时候粮食怕遭人偷，都随时带在身上。寿娃心强，家里带去的窝窝头和菜团子，都三个月了，还留着些……"

海述出神了，又一次愣在那儿，他听明白了八叔的意思。他脑海里模模糊糊浮现出当时的情形：寒风肆虐，漫天沙尘，二哥被山后跳出来的几个陌生人乱棍击倒，连呼救的机会都没有，然后被拖至山后，抢了那点可怜的干粮，然后……他无法再想下去，也不敢再想下去。一种浓重的悲愤和悲哀冲撞着海述的心，像浓雾中的海水撞击海岸，说不清撞击在哪儿，但让他感到心悸，心悸之后是那种不可捉摸的影子般游移的刺痛。他微微闭了一会儿眼，又喝了两口茶，才感到心绪略略平静了些。

"都怪我，"八叔继续说，他低垂着头，双手撑在两抹长长的白眉毛上，像是怕别人看到他，"都怪我不是东西。我眼馋寿娃的窝窝头和菜团子，寿娃舍不得，他知道给多少我都能一次糟践了。寿娃说，窝窝头我得留到回家，家里贵娃还等着我呢。我生气，就冷落他。其他没粮的人也冷落他。就他一个人还有粮嘛。要是,要不是那样,寿娃肯定就,就不会落在后面……这些年来,这六十多年来,我,我没一天好受过啊,我活得像只老鼠,不知道,不知道往哪里钻……"哽咽使他又一次无法说话,而一停下,便立刻泣不成声。

这时候,所有人都抬起头来,看着海长让,满脸惊讶与不解,还有另外一些微妙又纷杂的表情。这事大概是所有人都未曾知道的。但这一次,海述却没有惊讶,仿佛所有惊讶都提前消耗了,他只觉得胸腔里弥漫起一阵苦涩的迷雾,脑海里木然一片,没了想法。有那么几秒钟,从亲戚们的脸上,他明显能看出,八叔所讲的事情像一块顽石,在他们心中激起了多少有点愤怒的水花,只是碍于情面和这个场面,每个人都紧紧捂着,不让水花溅出来。海述意识到自己得说点什么,不能再沉默了。

"八大,你老人家,"海述说,他听到自己的声音中也陡然饱含了无尽的悲哀,变得虚弱而苦涩,"不要难过了。任何时候,人与人之间……再说,那个年代……唉,你喝点茶吧,歇一会儿,不要激动,年纪大了,保重身体要紧……"他想说在那个年代，这样的事是可以理解的，但终又没说出口。

海述知道自己说这些话，不仅仅是在安慰八叔，更是在安慰屋内的其他人。让他没想到的是，这一安慰，倒让这个干瘦老头啊啊地哭出声来，一个劲儿说自己不是东西，而一张嘴，鼻涕、涎水都流下来，伸手去擦，又抹到了灰白的胡子上。见八叔这样老泪纵横，而他说自己六十年来活得像老鼠的话还在耳畔回荡，海述一阵阵心酸，也差点落泪。他微微侧过脸，让自己情绪平静了些，才示意东明给八叔续茶，东明抬头看他一眼，又看看还在抹眼泪的海长让，迟疑了一会儿，还是起身给他续了茶。

等八叔情绪平静了些，自己也再平静了些，海述郑重地说："今儿无论是我二哥魂归故里，还是我大嫂八十大寿，都是喜事，我们追思往事，为了后辈儿孙知道我二哥为家族作出的贡献，没别的意思。八大，你老人家被抽去定西，不论怎样，也是为家族作出了贡献的。当时那样的情形下，你不去，就得别人去，咱们家逃不过的。所以我一直说，没有你们的付出，便没有家族的安宁。我那时候还在陇原上学,要不是你们抵挡住那些时代灾难的大风大浪,我没法继续上学,哪里会有今天?"他停下来,他知道这是一句稀松平常的话,但在他心里最宝贵,因为是事实,至真至诚,也因为它公平。

没想到这时候东贵说话了,不顾及海述是否说完,硬生生插进来。他坐在一把椅子上,跷着二郎腿,一脸阴沉,眼睛怔怔地盯着自己晃动着的右脚尖,音调奇怪:"大妈,你今儿八十大寿,我就问你一个事,"顿了两三秒钟,"我妈当年是怎么离开这个家的?"

屋内空气骤然紧张起来。亲戚们看看东贵,看看东明,又看看老态龙钟的曹喜月,不知所措。曹喜月缩在炕角,拥着被子,闭着眼睛,轻晃着身体。紧张的静默中,东贵一动不动僵在那儿,保持着刚才的姿态。两鬓霜白的东明缓缓抬头,直盯东贵,脸色黑沉沉,浑浊的眼睛里全是愤怒。海述又心悸起来。他想不通东贵今天是怎么了,为什么要一再搞得大家不愉快,中午来亲戚那黄狗乱叫,他笑话东明养的是傻狗,惹得东明一脸恼怒,现在又说这样的话逼问一个把他养大的老太太,他怎么了？海述想呵止东贵，又不知怎么说。他后悔张罗这个追思会了。

"妈，东贵问你话呢，"张秀珍靠在炕壁上，见婆婆半天没话，提醒她，语调中的不满已毫不掩饰，"妈，你睡着了吗？"

"我听着呢，"曹喜月开腔了，声音出奇地平静，"东贵啊，这么多年，你一直没问我，你没问我，我就没说。你今儿问了，我给你说。你妈后来把你托付给我，也是真没办法，你妈走了，这个家里能少一口人吃饭。我劝说过你妈，她心意定了，没听。你妈提了一个要求，说无论如何要让贵娃活下来。你还记不记得，小时候，你和你哥两个，什么东西都先给你，再给你哥。这是你大爸的意思，也是你妈的意思，我一辈子战战兢兢啊……"

老太太声音本来不大，说到这里全被东贵的哽咽声淹没了。东贵还坐在椅子上，两脚着地，头埋在两膝间，浑身颤抖着，强力抑制自己的悲泣声，但还是能听见。海述看着东贵，甚至能听到堵在他喉咙里的哭声被压进胸腔，像铁罐里的冰水，晃动着，沉闷地响着。

3

等大家情绪都平静了些,东良提议海述讲讲去定西接灵的过程,海述便开始说,可说了没几句,院门外传来孩子受惊的尖叫声。来参加灵土安葬仪式的亲戚,多是海家外嫁的女儿们,留在老家带孩子,所以听到孩子的尖叫声,她们呼啦一下都跑了出去。海述停下来,喝了几口茶。院门口的声音大起来,东明、东贵等人也起身出去。又坐了一会儿,孩子的哭声还没停,并且传来三姐海英和谁吵架的声音,海述也起身出去,屋里只剩下行动不便的八叔和大嫂。

海述出去时,三姐正猫着腰把曾孙豆芽揽在怀里,一手摩挲着孩子的头。那孩子脸色发青,嘴唇发白,一颤一颤地哭着。三姐骂骂咧咧:"我豆芽都这样了,还说他,不心疼么?"站在他们对面的是向丽,一手护着女儿可乐,浑身发抖,也一副凶巴巴的样子。

"我警告你,不许欺负我妈妈!兰宝没推他,就是

没推他,就是没推他,是他烂豆芽自己跑去打阿黄,阿黄才咬了他。"可乐嘴唇发紫,语速飞快,边喊边跺脚。

三姐还想说什么,海述上前一步,劝住了:"三姐,你啥也别说了。看看娃娃有没有伤着,伤着了就去街上打个破伤风。这样斗嘴有什么用?"三姐马上流下眼泪,嘟囔说她就这么一个小曾孙,要是有个三长两短可怎么办。东贵过去查看豆芽的腿,卷起裤腿看了看,说只是咬破了一层外裤,没伤着皮肉。孩子嘴唇依然发青。是吓着了。

这时候,东明拿着一杆牛皮鞭子从院里冲出来,张秀珍拽着他后襟,不断地喊:"东明你干啥,有娃娃在,你干啥呀?!"东明黑沉沉地垂着脸,完全不顾劝,固执地向那条黄狗扑过去。见这情形,可乐哇一下放声大哭,两个小拳头揉着眼睛,伤心得结巴起来:"外爷,你,你不要打,打阿黄,"又转身抱着向丽的腿,"妈妈,你,你,你让外爷不要,不要打阿,阿黄……"

东明僵在那儿了,一脸颓丧,像被秋霜杀过一样。东贵起身,把他手里的鞭子夺过去,拿进了院子里。事情这样止了。可这么一闹,三姐抹着眼泪要回家,谁都劝不住。外甥宋书明跟在他母亲身后劝了半天不管用，一个人气呼呼蹲在墙根下抽烟去了。海述真有点生气了，严厉地说："三姐，娃娃拌个嘴、打个架，本来没多大的事，你要是这样闹下去，还怎么办？我以后还怎么回这个家？"三姐这才收了眼泪，不再说什么。

这事刚消停，东明雇的面包车已到院门口，追思会就这样虎头蛇尾作罢。下午给大嫂过八十大寿，东明在镇上订了酒店，要亲戚一起过去吃个饭，再像时下流行的那样吃个饭后蛋糕。大家于是又上车，可加上东良的小车，挤满了还是坐不下。东贵又打电话临时叫了村里雪鹏的小车。东明领着面包车先走，海述和东贵、向丽、可乐等着坐雪鹏的小车，后头走。雪鹏车来了，等都坐上去，刚要启动，老远跑来个穿绿色破大衣的老头，边跑边喊："等一下，等一下，鹏娃你等一下。"

雪鹏啪啪吹着泡泡糖，摇下车窗，看一眼海述和东贵，哂笑说："是老疯子。"海述有些迷惑，东贵解释说："就是沟边庙上的会长，海恩明。"这么一说海述知道了，海恩明的父亲海银会当年也死在了定西。海恩明这时已到车前，扶着车窗，讪讪笑着，向海述打招呼：

"述大人，你老人家回乡来了?"一脸灰白的络腮胡子，猛看上去像《康熙王朝》里的鳌拜，面目缩在一起，仅有小巴掌那么大，肤色黑红，神情狡黠。

海述含含糊糊点一下头，想着怎么回应，雪鹏吹破一个泡泡，戏谑地说："老疯子，今天人家我大奶奶八十大寿，你又想蹭酒席啊?"海恩明看看海述，不好意思地笑一笑，然后收掉笑容，佯装恼怒说："看你这娃娃，我海恩明虽说是吃百家饭长大的，现在大小也是个会长，就，就老想着蹭人酒席?"说完自顾自笑起来。但这滑稽话只惹笑了雪鹏，东贵有点不耐烦，问他有什么事。海恩明说："也没啥事。刚听说大妈妈八十大寿，我就来了。"一顿，一本正经起来，"这，我可是说什么都不能不去的。"

雪鹏说："你看，我没说错吧。可是车上坐不下啦。"海恩明说："咋坐不下？你这么好的豪车，我看再上来一头牛，都能坐得下。"说着拉开车门，挤了上去。海述坐在副驾驶座上，回头看一眼，海恩明又冲他点头微笑。除了可乐怯生生打量海恩明，其他人都把脸扭向一边。车一开，海恩明则开始说些车轱辘话："别人，不管谁的八十大寿，我都可以不去，可是大妈妈的八十大寿，我是无论如何不能缺席啊。我海恩明一辈子落魄些，可好歹也算是个知恩图报的人。"雪鹏马上嘲笑他，说："拉倒吧会长，我看你还是不知恩图报的好。"

海恩明说："你这娃娃，可不要小瞧人。我跟你说你就知道了，那时候我饿得前心贴后背，在村头的沟边上转悠，身子轻的，哎呀像鬼一样，一不留神要飘起来。沟边的老柳树上，几只黑老鸦已经贼眉鼠眼盯上我了。你知道是谁救了我吗？你不知道吧，就是你大奶奶啊，我菩萨心肠的大妈妈。大妈妈拿着小半个稻黍面馍馍，说明娃你吃吧，看我娃可怜的。"顿了一下，海恩明转向东贵，"东贵兄弟，你还记得不，大妈妈给我的那半块稻黍面馍馍就是从你手里掰下来的。你记不记得？"东贵什么话都没说。雪鹏快速回头瞥他们一眼，幸灾乐祸笑起来："为蹭一顿酒席，海会长真是费了不少脑筋啊。忽悠，接着忽悠。我真是服了你。"海恩明怔了一下，又对东贵说："那，不是你，就是东明兄弟。"

饭店在街道中部，喜洋洋大酒店。东贵随口邀请雪鹏一起吃饭，雪鹏神秘地眨眨眼，说一会儿还有事要办。雪鹏一走,东贵不屑地撇撇嘴,说:"还有事要办,哼,说得像在公干一样。"饭馆里,大嫂戴着蛋糕店赠送的那种金红色纸王冠,穿着一身暗红色棉衣,一副累累赘赘的样子,已经坐在上席的正中位置了。她背后的墙上贴着一张斗大的红色的"壽"字,旁边靠墙的桌子上放着一块不小的蛋糕,盒子已经打开,上面有两只奶油堆成的大寿桃。

拜寿仪式很简单,东明和东贵各提一串鞭炮在饭店门口噼里啪啦响掉,接下来是磕头祝寿。先是东明,东明回头看东贵,意思是要跟他一起,东贵说:"你先拜吧,我跟在你后头。"东明不再理他,一连磕了三个响头,额头着地,能听到皮肤触地的声音,边磕头边说:"妈,我给你拜寿了,祝愿你老人家寿比南山,福如东海!"接着是东贵,也三个响头,除了称呼是大妈,说辞和东明一模一样。再是东良等其他子辈,最后是可乐、豆芽、兰宝这些孩子。孩子们一起磕,磕完头齐声说寿比南山、福如东海,可乐最后又说:"外太太,Happy Birthday!"大家笑起来,说不愧是西安城回来的孩子。然后可乐带头,孩子们又一起唱生日歌。

曹喜月始终坐在那把扶手椅里，似动非动地微晃着身体，脸上带着淡淡的笑，一声不响。孩子们还没唱完歌，海恩明想起什么似的，站起来打断，又连忙跪在地上磕头，大声说："歌唱早了。还有我呢，还有我呢。大妈妈，你看到我了吗，我是恩明啊，我特意来给你老人家贺八十大寿。你老人家可是我的大恩人，心肠慈悲得，跟个活菩萨一样。我祝你老人家福如东海长流水，寿比南山不老松！"说着磕了三个响头，比东明和东贵的更响，然后起身，有板有眼地作揖。

海恩明作完揖，大家正要落座，寿星说："你是谁家的？"海恩明向东贵眨眨眼，大声说："我是恩明，海恩明，明娃啊。"曹喜月说："哦，明娃家的，可怜得很。"海恩明愉快地说："是明娃，就是的，是明娃。"大家知道老太太又糊涂了，便笑一笑，不再理会，各自落座。东明给每个大人都倒上一小杯烧酒，看看海述，想让他说两句。海恩明却端着酒盅率先起身，向寿星敬酒，说的还是磕头时那两句话，说完一仰头，吱一声干了杯中酒。东明和东贵脸上浮动着些微的气恼，想制止海恩明，但被海述看一眼，阻拦了。

敬完酒，海恩明又大声把大妈妈给他稻黍面馍馍的事说了一遍，向她求证。曹喜月半天不言语，海恩明尴尬得坐也不是站也不是，大家以为她没听见，刚要说别的，她却开腔了："那天后晌，我带阳阳去干啥，在沟边上，看到恩明家三娃，缸子，脸都冻黑了，我把阳阳手里的馍馍，掰了一半。缸子不敢要，我说你拿上。最后拿上，吃了。"海恩明怔了一下，随即高兴地说："看看，我没乱说吧？"仰头呷了一口已经喝干了的酒杯，又招呼东明给他倒酒，再向海述敬酒，说："述大人是识文子，该去咱庙上看看，至少给故乡的文化单位留点墨宝啊。"海述不知怎么回应，只说好好好。

坐在海恩明两边的是瘸子海会和木呆呆的东霞，海会翻着眼睛，对他一脸鄙夷，只有东霞每听他说一句话，就看着他憨憨一笑，与他会心一般。其他人出于礼貌，脸上都带着一丝僵滞的微笑，耐着性子听着，边听边夹菜吃。等海恩明说完这些话，竟然一时冷场，除东明招呼大家夹菜就没人说话了。海述敬了大嫂一杯酒，本想说几句话，向大嫂为家族所作的牺牲表达敬意。在他看来，这很重要，一定程度上能算是对一个人一生的评价。可这些话毕竟过于严肃，想到中午在东明家的情形，话到嘴边又咽进肚子里。

东贵本来坐在海述旁边，东良说要和他调换一下座位，东贵不情愿，但还是换到了海长让身边。不到十分钟，海长让好几次将饭菜洒在衣襟上，东贵盯着东良，东良又只好换回原来位置，照顾他爷爷。东良隔着桌子对海述说，他现在的小学教职只是挂在学校，请了个姨家表妹代课，一个月给八百元，除掉表妹的工资，还能落下四五百元。他自己在县里开美术培训班，凑合着挣点钱。海述不理解这怎么操作，东良解释说："就那么几个钱儿，谁愿意待在鸟不拉屎的村里啊，不就是图个编制嘛。"又说，"现在啊，都这样。"后来又起身到海述身旁，贴着耳朵小声问他县里有没有什么关系，看能不能帮他调到县城哪个小学。海述说他回头问问看。

吃了一会儿，海述想解个手。公厕在街道上，东贵放下筷子说他陪着去，但东明已经站起来。东贵看看东明，又坐下了。外面天色阴沉，不知什么时候飘起了毛毛雨，街上也没什么人，两旁的店面看上去灰土土的，笼罩在烟雨中，一点也不起眼。这让海述有一种奇怪的做梦般的感觉,仿佛在经历一场灰土土、冷飕飕的长梦,怎么都醒不来——不仅现在,中午发生的一切,也都是这梦的一部分。公厕离饭馆大约七八十米,还没进去就闻到一股刺鼻的尿骚味,到了里面更觉得污秽不堪。但海述是这地方长大的,这点肮脏并非不能忍受。他找了个相对干净些的地方,撒了泡尿。

提裤子时,厕所门口的光线暗了一下,像有什么东西闪过,海述转身去看,什么都没看到,可等再回过头来,发现另一边猫着个人——头发像一蓬莎草,黑黝黝的皮肤紧包在脸上,只能看到白森森的眼睛和牙齿。正呲嘴笑着,缩着肩膀,伸着细长的脖子,盯着海述裆部,用一种奇奇怪怪的,近似忍俊不禁的调笑语调,说:"锤子!"海述一愣,这才看清他穿着一身已看不出什么颜色的破衣烂衫,裤腿短到脚踝以上,两只肮脏的脚光着,黑黢黢的,没穿鞋。一个疯子,意识到这一点,海述赶紧提着裤子往外走,可那疯子竟然跟了过来。海述一时慌乱,恐惧使他心跳加快,嘴里胡乱地喊了句:"干啥!"

东明冲进来,一脚把那疯子踹倒在公厕的肮脏地面上，恶狠狠骂道："狗日的疯东西！"疯子倒地后，缩在那儿看着海述和东明，依然呲嘴笑着，牙齿和眼睛白森森。东明护着海述出了公厕，快速离开，怕疯子会从后面扑上来。走了二三十米，东明说："是缸子。"海述停下脚步，不解地看着他。东明解释说："就是海恩明家的二娃，缸子。疯了好几年了。儿子疯了，老子也不正常。"又说，"也是造孽。以前还学过炒菜，本来好好的，在兰州的饭馆打工当厨师，亏先人，勾引他姑表嫂，听说他表哥带了几个人堵在一个小巷子里，一顿狠捶，自那以后就这样了。不知是疯是傻。"海述什么话都没说，怔了三五秒钟，才继续默然往饭馆走，好几次停下来回头看，缸子始终没出来。

快到饭店门口时，东明停下来，吞吞吐吐说："五大，今儿的事也是我不对。"海述看着胡茬灰白的东明，不知他要说什么，东明继续闷声闷气说，"之前东贵打电话让我买两棵柏树，我那几天在外头当小工，实在顾不上，我就说顾不上，东贵不高兴，电话里一愣，直接挂了。我想着他自己提早回来一天，买来就成，他又不是不回来。结果这样，我二大灵土就这么草草了事，应付了。东贵是在赌气。不知道赌谁的气。"说完抬眼看看海述，海述也看看他，什么话都没说。东明拉开饭店的玻璃门，海述在红色的脚垫上蹭蹭鞋底的泥，进去了。

进了饭店，海述看看海恩明，他正在专心吃一块鱼肉，又是用筷子，又是用手，边吃边自言自语："鱼啊确实是稀罕东西，但吃起来危险得很，还是肉好啊。"东霞憨憨地看着他，又笑一笑。海述落座不久，可乐问他："外太爷，我们现在可以吃蛋糕了吗？"大家于是都说吃蛋糕吃蛋糕，天不早了。东贵切蛋糕时，海恩明站起来两手往衣服上一擦，说先得出去解个手。有人笑他文绉绉，海恩明说："这里可是有述大人在啊，难道不应该尽可能文雅些吗？我海恩明虽然是个大老粗，但也总不能在述大人面前说我去尿个尿吧？诶，不成体统，不成体统。"说完自己笑起来。

海述想到刚才被东明踹倒在公厕里的缸子，估计还在那儿缩着，想着要不要阻止海恩明，又拿不定主意，抬眼去看坐在斜对面的东明，他正呲着嘴，在剔一套光秃秃的鱼骨。再转头，海恩明已经笑着出门了，海述再次感到心中慌乱，像丢了什么。

蛋糕切好，大人跟着孩子们又一次唱生日歌，然后吃蛋糕。给海恩明留了一份，但直至散席，他都没回来。不少亲戚着急回家去，就散了。出了饭店，海述四处看了看，天色更加昏暗，毛毛雨还在下，更阴冷了，街上看不到什么人，即便有人，也影子般一闪钻进街道两边某个小店里去了。上车前，他又看了看东明，东明什么都没说，但眼神里的意思很明白，让他不要管。上了车，东明才悄悄告诉他："从来都这样，吃好就溜。"

半夜落了一场小雨，第二天一早，三姐海英就要回家，说家里三口猪得喂，还得趁这点墒种萝卜。宋书明的三轮车已经充了一晚上电。海述和东明、东贵去送，临别，三姐拉着海述的手又哭，说再过一年半自己也要过八十了，要海述到时候一定一定回来。海述说一定回来，她这才抹抹眼泪上了三轮车。车子启动前，宋书明皱皱脸，害羞般冲海述笑笑，说："五舅，我们走了，你老人家多保重身体。"豆芽也学着他爷爷的样子，稚声稚气说："五舅，我们走了，你老人家多保重身体。"

三姐嗔笑着纠正曾孙，高兴地说："瓜怂，你可不能叫舅，你要叫舅太爷。"

看着他们的红色三轮车走远，海述想起三姐昨天中午刚到时说他差点再也见不到宋书明的话，不禁感慨万千。他比外甥宋书明大十六七岁，因一直在外面工作，每次回老家见到，那孩子总是躲在三姐身后，偷偷看他，即使长大成人后，见了面也是离得远远的。曾经那么个怯生生的小娃娃，现在已经有了孙子，已经面临脑梗的威胁了。

天气不错，海述想去沟边转转，东贵说他陪着去，东明便自己回家去了。走了没几步，东贵冷不丁说："我哥舍不得他一尺地。"顿一下又说，"这样也好，以后反正向博也在外面了，免得没人回家祭扫。"海述在路边愣了好一会儿，才明白东贵是在埋怨东明不愿在自己地里安葬二哥的灵土。他不知道东贵是怎么和东明说这件事的，更不知道其中原委，然事已至此，还能说些什么？只好叹口气，沉默着继续往沟边走。他隐隐感觉到，老家的事情，远比他想象的更复杂。这让他心里有点空落，有点感伤。

大学毕业后，虽说也算个国家干部，但那些年月情况特殊，又要白手起家，退休前的近四十年里，他回老家的次数屈指可数，所以退休之后，一有机会便回来，补偿一般。可那时候，父母已双双下世，前几年，连唯一的亲弟弟也过世了。东明、东贵都是堂兄的孩子，只要他回来，都对他非常照顾，无微不至。其他亲戚也乐意见到他，这让他心情畅快。每次回来，除了见见亲人，念念旧，他也总要去沟边转转。小时候住过的窑洞早被填埋了，如今种满一米来高的洋槐树苗，小时候割过麦子的墹地也大多数没了，还在着的几块早已荒芜，笼罩在恣肆的荆棘和蒿子丛中，让人怀疑它是否真的曾长过庄稼。

还没到沟边，竟然又看到了海恩明。海恩明老远冲他喊："述大人啊，你老人家这一大早是在散步吗？"海述有点紧张地看了一眼身边的东贵。他确实有点紧张，因为这才意识到昨晚一回家就把海恩明给忘了，而好的是，昨天傍晚忽然消失的他，现在又完好无损地出现在眼前了。等海恩明快走到他近前，海述才说："是啊，早上没啥事，出来转转。俗话说春雨贵如油，春雨润如酥,这样一个万物复苏的美好季节,怎么能浪费?"海恩明愣了几秒钟,竟夸张地鼓起掌来,兴奋地说:"述大人,你老人家的文采真是呱呱叫,说得好,说得妙,听上去很美妙,很美妙啊。"

海述这才意识到自己一时兴起说错了话。而这时候,正在兴头上的海恩明已经在向他发出邀请,请他去村庙看看。"述大人去,好歹指点指点我的工作,"海恩明说,"无论如何得题个字,留幅墨宝,这是咱们村唯一的文化单位啊。"可话音还没落,就被东贵拒绝了。东贵冷淡地说:"下回吧,一会儿我五大和我还要走个亲戚,看看高家塬我姐姐去。"海恩明问:"是东娟吗,东娟怎么了?"东贵说:"前阵子查出来癌症,人瘦得就剩一把骨头了,可怜得很。"海恩明一脸惋惜,讪讪地说:"这次去不成了吗?"紧接着又说,"那好。那下次。下次。"东贵挽着海述,转身回家,海恩明在后面喊:"述大人,下次回乡,一定一定啊。"

东娟前两天已去看过,但海述当然明白东贵的用意。转过身,东贵说:"村里人说,海恩明这老疯子总是请外面回来的人去庙上,一到庙上就各种花言巧语,让人家往他自己做的功德箱里捐钱。"海述问："他住在庙上？"东贵说："可不是？功德箱多多少少的钱，都归了他。老话说人心不足蛇吞象，不知足啊。二娃缸子疯了一年后，他把家里的几间房卖了，就带着钱住在庙旁的一口破窑里。"海述说："庄院都卖了？"东贵说："卖了，说是要攒钱给二娃治病。一家子神经病。"海述没再说什么。东贵又说："人都说手里至少捏着几十万。老疯子。"海述问："大娃呢？我记得还有个大儿子。"东贵说："听人说，在西安。谁知道，好多年没怎么见过。"

回到东明家没多大一会儿，瘸子海会来了，说无论如何得请五哥去他家吃口饭，就粗茶淡饭，要他千万别嫌弃。海述好说歹说才算推辞掉，但送海会出门时，偷偷塞给他三百块钱。昨天从镇上回来，海述觉得豆芽受到惊吓，加上可怜三姐，偷偷给了她五百块钱，碰巧被海会看到。海会推说不要，海述板起脸看着他，说："老十四，你这是干什么？拿上，你过得不容易，我心里有数。"海会这才接过钱，瘪瘪嘴，要哭的样子，然后便一瘸一拐走了，走了老远又回过头来，高兴地向海述挥手。

4

回到哈尔滨家中,海述总觉得故乡似乎突然之间变了意味,已不是他日思夜想的那个故乡。可一连多日,还是总想起,二哥灵土的草草安葬、八叔说他活得像老鼠的话、海恩明和缸子的事,都在他脑中萦绕不去,使他怅然若失,做什么都心不在焉。

女儿海岚见他这样子,戏谑说:"爸,咋这么魂不守舍呢,回老家见到初恋情人儿了咋滴?"一阵大笑。老伴吴佩蓉盘腿坐在床上,一边念念有词口诵《心经》,一边似笑非笑看他一眼,神情中依然带着那种似是而非的鄙夷神情。他早已经习惯了,吴佩蓉这表情和她父亲一模一样,他和他们第一次见面时就这样,他预计可能性不大,但媒人后来又告诉他,吴佩蓉和她父母对他都挺满意。后来结了婚,这笑容吴佩蓉带了一辈子。

安葬二哥灵土的事、八叔哭诉的事,海述在家里一个字也没说。此前他隐约说过自己也希望身后魂归故里，海岚完全不同意，一脸震惊地斜乜着他，说："老爸你想啥呢?"他怕一说起这些事又会惹出不愉快。但他向女儿和老伴说了海恩明的事，女儿果然立马条件反射似的说："爸啊，说你多管闲事吧，你还不信。疯子啊，我告诉你，咱哈尔滨就多的是，还用跑那大老远滴?"他怔在那儿，接下来几天都怀疑自己是不是真的有点多管闲事。

之前有一次去篮球场锻炼，经常一起投球的老付拉着他的手，语重心长说："老海啊，女儿也是儿，你看海岚多好。都七十六的人了，干吗总往老家跑？你让孩子怎么想？"这句话烙在了他心上。他一直想，是不是真像老付暗示的那样，要是儿子海岩还在的话，他就不会总惦记老家了？他说不清。海岩夭折时已经会喊爸爸了。当时条件有限，孩子没了往郊区的乱坟岗一扔，连个墓都没有。后来条件好些了，偶尔想去那一带看看，烧个纸，可城市几番开发，完全搞不清哪儿是哪儿了。有时候想起这事，他会感到愧疚，觉得对不起海岩。后来有了海岚，他想过再要个儿子的，吴佩蓉满不在乎地说："我看女儿就挺好，干吗非得要儿子。"吴佩蓉的父母也这么想。他没再坚持。他有时候会想，自己当时为什么就没坚持。

思前想后差不多一个月，海述还是给海恩明写了一封信，附了一篇特意为村庙撰写的三四百字的志，通篇四字一句，看上去整整齐齐，"……槐龙有山，山有大庙，吾幼之时，其已盛矣……香火绵长，佑我乡民，世世代代"，写庙的所在、来历、修缮、敬神等。海述不确定海恩明是不是能看得懂，但心想，如果他真的在乎，没条件刻碑，总可以找个书家写出来，裱好，挂在庙里。信寄出后，他又拿了五百块钱汇过去，汇给东明，特意打电话让他带给海恩明，并转达他的意思。

几天后的一个晚上，海述做了个梦。梦境和八叔海长让讲的那个场景特别像，明光光的月亮，蓝幽幽的一片山野，山野中到处是两株一对的黑火焰般的柏树。一个人站在黑楞楞又柔和如雾的山头上，像一团缥缈的瘦影，远远张望着他，他能感受到那瘦影眼中悠长的落寞，并为之感到难过。几乎同时——为那黑影感到难过的时候——他意识到，那黑影不是别的什么，正是还没有安息的二哥。他一下子惊醒了，在梦与醒之间的那种迷蒙中，他猛然坐起，到窗前的写字台旁，开了台灯，拉开窗帘。可窗外漆黑一片，既没有明光光的月亮，也没有山野和柏树，更不见什么瘦影。前面的一幢楼上还零星亮着几点灯光，隐约传来婴儿夜啼的声音。

海述感到怅惘极了，再也睡不着，便在写字台前坐下来，久久凝视窗外。不一会儿，几只蛾子或甲虫开始冲撞窗玻璃，嘣嘣响，也能听到稀疏的虫鸣和鸟鸣声。这时候，窗玻璃上映出一团模糊的灰影，他心里一惊，但随即意识到那只是自己的影子。他细细回味刚才梦中的情形，愈加确信是二哥觉得灵土安置不当，才托了梦。他下定了一个决心：这梦要是再出现，他就打电话让东贵再回家一趟，买两棵柏树，去撒过灵土的地上抓些土，还用那块红布包好，找个开阔的地头，埋掉，再栽上柏树。若是东贵不乐意回去，或是东明不乐意让出一块地头，他便自己回去一趟，亲手完成这件事。

这想法像一剂药，竟然即刻让他安心了不少，他意识到——他也相信：那将会是一种适当的补偿，正像一个人尸骨入土便是对大地的补偿。

后记：小说的影子

1

"往日的一切，也这么迁延不去。"安东尼冒出了这一句。玛丽·贝拉知道，他不是在因为无字碑石而发感慨，而是在指属于他俩的过去……是某个别的人，而不是他自己，替他过了另外一重生活：这样一种幻想，是他们两人的默契共识，不用说破。

晚年的威廉·特雷弗在题为《冬日的一曲牧歌》（杨凌峰译）的短篇小说中写下这样一段话。在玛丽·贝拉情窦初开的少女时代，大学刚毕业的安东尼曾给她做过一段时间的家庭教师，后来安东尼找到一份地图绘制员的工作，离开了。然在长期生活于这所偏僻农庄的玛丽·贝拉心里，安东尼成了一个不会消散的形象，这形象远大于记忆，以至于玛丽·贝拉有意无意地等了他许多年。十数年后，已成家且育有两个孩子的中年地图绘制员安东尼，竟然真的又回到这里，并抛弃妻女，又短暂地与玛丽·贝拉生活了一段时间——他回来的方式是那么的简单：一天出差路过这小镇，想起往事，只是怀旧般想去看看，这农庄里是否还住着曾经的雇主一家。

特雷弗的迷人之处正在于此：是什么吸引了玛丽·贝拉和安东尼？一个痴痴地几乎无意识地等待着（她并不，也没有理由觉得安东尼会回来），一个在大地上游荡着，以绘制地图这样一种浪漫的古老理由，像某种探测器一样探测着他也不知道会是什么的事情。当两人时隔十数年再相会，漫步至农庄外的山林中，看到以前的无字碑石，安东尼便自然感慨："往日的一切，也这么迁延不去。"玛丽·贝拉立刻明白，迁延不去的并非少年时代的风景，而是那些过往，是那些晨昏不绝的幻想，是那些缺失了的生活。

在玛丽·贝拉那里，她和安东尼始终在一起，而不在一起的事实才是虚假——即是说，幻想否定了事实，影子否定了本体。

2

作为一个笨拙的写作者，我无数次苦思过那个在我看来可能每一位小说家都必然面临的问题：什么是小说，或曰，小说何为？然无数次的艰苦跋涉，在快要抵达那个神秘且包含了无限空间的境地之时，都被一种巨大的否定之张力弹开了。我这才隐约意识到，这样的追寻会使问题窒息而死，因为"小说何为"本质上不是一个问题，也就不必然地昭示某个答案。它是一种召唤，一种永不止息的召唤，它无限开放，也并不预示着某一个终点，比起某个确凿的回应，它或许更愿意看到源源不断的回应的努力，无数次回应过程的叠加——每一次诚意的努力，都既是对"小说何为"的回应，也是对这一召唤之内涵的充实。

对这个问题的思索使我想到埃兹拉·庞德的名诗

《在地铁车站》:"这几张脸在人群中幻景般闪现;/湿漉漉的黑树枝上花瓣数点。"(飞白译)在这首诗中,我看到的是人脸与风雨梅花相交叠,纷纷幻化,生生灭灭,如同江河流淌不息,而这流淌不息却是动态的永恒;我看到人类文明与自然文明相交叠,人的意识、眼神与记忆相交叠,树木的气息与生命也相交叠。它们的存在实际上正是造物者(如果生命之外真的有造物者)无数次造物努力的叠合,如同一位兼具雄心与耐力的画家,一遍遍画他的画,以无数次努力(这或许也是荷尔德林所谓的"劬劳")的叠合作为结果。

这种交叠重合的本质不是某种实体,而是一系列影子,是被追寻者的影子,是真相(和真理)的影子。恰如奥康纳所说:"艺术家用他的理性试图为他所看见的一切找寻回应的方式。对他而言,理性就是去找寻,在物件中,在处境中,在因果关联中,在赋予每个人自我的灵魂中。"影子即是实体的某种回应物,某种程度上它或许不仅仅源自灵魂,而是——本就是灵魂的一部分,是灵魂的外溢与塑型,是我称之为心灵力量的那种东西。

我无意于将问题神秘化和复杂化，尤其在作为后记的一篇短文中，但我又不得不忠实于我思之所及——就是如此：因为实在（实存）难以挽留和永驻，所以我们称之为小说的那种东西，或许是生活的影子（我们如同特雷弗的玛丽·贝拉，本能地意图用它来替代实在，乃至否定实在），或许是某种渴望的影子，或许是我们之诸种自我的影子，或许是头脑及心灵中最隐秘的存在的影子——我们感受到召唤，于是睁大眼睛或耽起耳朵，仔细辨认，以便捕捉它们虚实幻动的影子，乃至捕捉它们遥远余绪的影子。

这是多么艰难的工作啊，或不亚于觐见神灵。然而我还是固执地怀疑：是如此吗——如我对我的老师阎连科先生所说的那样：我不知道它是什么，但能感觉到它存在，我能感觉到它存在，但依然不知道它是什么，是如此吗——如伍尔夫所言的那样："我相信，当你开始一部小说时，最重要的不是感觉你能写出来，而是感觉到它就在那里，在文字无力跨越的鸿沟的另一边：你只能以绝望的叹息来接近它。"我们感觉到鸿沟苍茫，且又凶险，足以使我们入之丧命？我们不确定，但那种渡过它的本能渴望却像肋骨一样实在可触。

我感到，它无所不在地昭示着某种悖反（是乔治·巴塔耶所说的那种"不可能性"吗——不可能性恰好意味着某种对可能性的冲动，以否定性的形式召唤着肯定性的存在？）——行动与目标的悖反，动与静的悖反，外与内的悖反，迷障与清晰的悖反，虚构与真实的悖反，以及作家与小说的悖反——并且，似乎它的实质便是在这悖反的互文与互质中寻求微妙的平衡，这种平衡之光被相信小说的人本能地认为具有一切美好乃至神圣的内涵。

3

我这样说确实倾向于冥想的神秘与苍茫，也或许无意间有取消小说效率层面之度量（至少是聪明大脑可计算的那种小说技艺带来的效率）的嫌疑，但好在无论如何，我无法取消小说在心灵层面对效率的要求——心灵虽则许多时候可以相通，但我依然要强调，这里说的心灵层面首先是对作家而言——文学的私人性质无须避讳，哪怕这会使人们认为它无用（这既是一般用法，也是借用夏可君先生的无用之说——无用应该是一种自在状态）。即是说，小说从影子中获取的东西，首先在作家那里获得确认，确认它事关心灵的无用之用，然后方可言及其他。

正是因此，这部集子中的所有小说都经历了多次的修改，也都在杂志刊发之后仍然被修改——对这一事实的强调，并非为了显示我的创作态度，而只是为了说明我对小说的理解（它到底意味着什么），以及说明这些小说于我而言意味着什么。多次修改，恰如一个画家无数次叠合色彩的涂抹，以此寻觅那幅真正的画——我一遍遍修改，仿佛可以遮掩所有无意义的错误，透过暗影的迷雾，从而靠近目标，触及那篇真正的小说。如此，则我十分清楚，修改的难点，更多并不在于小说技术层面（尽管此类问题或仍然不少），而在于小说的心灵层面，即：我一遍遍感知它舒展开来之后应该指向哪里，我一遍遍寻觅它可与我的心灵相感应的气息，我一遍遍确认它是否触及了我生命中的切实问题，我一遍遍辨认它是否是我的——以及是否诚实。对这部集子而言，上述问题似乎都很重要，但我也意识到，对下一部可能创作的中短篇集，其中一些问题或许根本不存在——有限之我，有可能触及那无限的不同海域吗？

这里的小说大概都在书写同一件事——城乡两栖人（青年与老年兼及）与他们的生活——以一种笨拙的互文方式。其中也有出于非虚构作品《异乡人：我在北京这十年》的素材，这就是我所说的"是否触及了我生命中的切实问题"。虚构作为非虚构某种程度的延续，或许多少显示了我文学素材的匮乏，但也并不令我脸红，相反，它们是我对一些问题的继续掘进——在这个艰难的进程中，我在凝视自我时没有躲闪，没有避讳我作为其中一分子的城乡两栖人的落魄窘境，也没有避讳我进退两难（物质与精神双重层面）的异乡人处境，以及或可喻之为幽暗的荒凉内心。

所以，"野蜂飞舞"这个极具动态的意象，自然成了城乡两栖人存在状态（是物质层面，但尤其是精神层面）的一个隐喻，或□象征。它是一种存在状态，更是一种撕裂状态：撕裂的漂泊，即他们的存在。既是安宁渴望与漂泊状态的撕裂，是记忆、现实与未来的撕裂，是城乡之水土不服的撕裂,也是思乡病与逃离故乡之冲动的撕裂,是新文化风潮与旧文化记忆的撕裂。这种撕裂阵痛连连,恰如野蜂,盘旋在生者与死者的头顶,昼夜嗡鸣。而作为作者,将这些作品结集在一起,除其所指方面的一致性,我还希望它们一起,或可呈现某种可称为野蜂飞舞的美学风格——或者不如说,一种存在的风格,一种生活的本来样态:质朴的,苦涩的,犹疑的,幽暗的,激越的,挚诚的,乃至野蛮的——而所有这些,又似乎是天然的。

这也是我所谓的"我生命中的切实问题",与此相关的,还有《异乡人》及长篇小说《老猴》。安妮·埃尔诺在《写作的艺术——伍尔夫,布勒东,佩雷克或成长年代》(刘诗予译)一文中,关于为何写作,直接引用了一段话,其严肃性昭然若揭,因而她几乎没有做任何阐述——我想我引用这段话,单单引用,也足够了,尤其对于《野蜂飞舞》而言:"我写作是因为我们曾一起生活,是因为我曾是他们中的一员,曾是他们身影中的身影,他们身体旁的身体;我写作是因为他们在我身上留下了他们难以抹去的痕迹,而这种痕迹就是写作:

他们的回忆在写作时已经死去;写作就是回忆他们的死亡,就是肯定我的生命。"

子禾

2023 年 8 月

图书在版编目（CIP）数据

野蜂飞舞 / 子禾著. -- 上海：上海文艺出版社,2024
ISBN 978-7-5321-8671-6
Ⅰ.①野… Ⅱ.①子… Ⅲ.①中篇小说－小说集－中国－当代
②短篇小说－小说集－中国－当代 Ⅳ.①I247.7
中国国家版本馆CIP数据核字(2024)第010942号

发 行 人：毕　胜
策　　划：李伟长
责任编辑：解文佳
装帧设计：白砚川

书　　名：野蜂飞舞
作　　者：子禾
出　　版：上海世纪出版集团　上海文艺出版社
地　　址：上海市闵行区号景路159弄A座2楼　201101
发　　行：上海文艺出版社发行中心发行
　　　　　上海市闵行区号景路159弄A座2楼206室　201101　www.ewen.co
印　　刷：启东市人民印刷有限公司
开　　本：787×1092　1/32
印　　张：9.125
插　　页：2
字　　数：133,000
印　　次：2024年6月第1版　2024年6月第1次印刷
Ｉ Ｓ Ｂ Ｎ：978-7-5321-8671-6/Ⅰ・6824
定　　价：52.00元
告 读 者：如发现本书有质量问题请与印刷厂质量科联系　T:0513-83349365